TRISTAN KOËGEL

Didier Jeunesse

*Pour Léna et Mila, mes deux belles Néréides,
Et pour toi, petit Triton, qui attend à l'abri
l'heure de sonner l'appel !*

Nec plus ultra

« Ah ! que périsse parmi les hommes cet esprit de colère qui pousse le plus sage à se mettre en fureur, et qui leur semble plus doux que le miel au palais quand, comme une fumée, il s'insinue dans leur cœur. »
Homère, *L'Iliade*

Comme tous ces rochers noyés dans la lumière aveuglante de la mer, qui prolongent les terres en presqu'îles orgueilleuses tournées vers l'horizon, Gibraltar a tout vu. Au sommet de ses falaises usées depuis des millénaires par les caresses des flots amers, se sont hissés les premiers hommes ayant franchi son détroit, quand l'eau était plus basse et la terre plus haute. Puis quand l'homme a su flotter sur un tronc d'arbre et transformer ce tronc en embarcation stable, Gibraltar l'a reçu. Quand l'homme s'est lassé de parcourir le monde et que l'idée de construire des maisons, des villes, des remparts lui est venue, Gibraltar l'a reçu. Ce roc a vu les Phéniciens, les Grecs, les Latins. Il a vu les Vandales, les Berbères, les Maures. Il a vu les Espagnols et les corsaires, les Hollandais et les Anglais venus du Nord. Il faut croire que les hommes aiment les rochers, même secs et arides, même sans eau douce et couverts de maquis. Peut-être parce que ces promontoires leur offrent la vision d'un horizon vaste et nu où se forment et se renouvellent les nouveaux désirs qu'ils piochent entre deux vagues.

À Gibraltar, on a donné plusieurs noms, on a confié tous les dieux, et les héros y ont construit leurs légendes. Héraclès, le premier. Le fils de Zeus, en déchirant les montagnes, aurait fait entrer les eaux de l'Océan dans ce lac fermé qu'était la mer alors. C'est lui qui aurait éloigné l'Europe de l'Afrique. Depuis, les falaises de ces deux rives séparées par un détroit se dressent l'une en face de l'autre comme deux immenses colonnes brisées auxquelles Héraclès a donné son nom. Les voyageurs racontent que de chaque côté du détroit était écrit, en latin plutôt qu'en grec : Nec plus ultra, « Au-delà, rien ». Plus une terre, plus un abri. Les colonnes d'Héraclès étaient les limites du monde. On a fini par savoir que c'était faux. De nombreux marins se sont aventurés dans ce détroit et, naviguant toujours plus à l'ouest, ils ont découvert un monde nouveau. Alors, la légende a fait rire. Et la mer a perdu une part de mystère. Cependant, bien des siècles plus tard, sur la rive européenne, à Gibraltar, persistaient deux mystérieuses énigmes que personne n'avait encore élucidées.

Les singes, d'abord. Les hauteurs du rocher étaient peuplées de macaques. D'où venaient-ils ? On n'en savait rien. Depuis quand étaient-ils là ? Depuis toujours, de mémoire d'homme. Pourquoi les seuls singes vivants à l'état sauvage sur le continent européen avaient-ils choisi ce roc sec et aride ? Et pourquoi regardaient-ils si souvent l'horizon, les yeux perdus dans le vague et l'air mélancolique ? Pas de réponse à ces questions.

Quant à la seconde énigme, il fallait, pour s'y confronter, pousser les portes d'une coquette pâtisserie.

*

En 1850, Gibraltar était une colonie anglaise arrachée aux Espagnols un siècle et demi plus tôt. Le port était florissant. On exploitait le charbon depuis peu, les marchandises circulaient, la ville contrôlait le commerce de tous les navires qui, venus de l'Océan, s'engouffraient dans le détroit ou voulaient en sortir. Et, aussi surprenant que cela puisse paraître, un des joyaux de la Couronne britannique semblait avoir roulé depuis Londres jusqu'à l'extrême sud de la péninsule ibérique. Comme s'il avait fui la grisaille pour suivre le chemin du soleil et briller enfin sous la lumière de la Méditerranée. Ce joyau s'appelait Miss Victoria. Comme la reine des Anglais. Mais elle était pâtissière.

La boutique de Miss Victoria se trouvait sur Main Street, la rue principale de Gibraltar, au-dessus du port. Les marchands raffinés s'y côtoyaient au pied des immeubles aux architectures andalouse, maure, génoise ou britannique. Sa devanture était modeste. On y lisait seulement, en jolies lettres bleues : PÂTISSERIE VICTORIA. Elle était renommée dans toute la ville. Tout le monde, à Gibraltar, avait entendu parler de l'effet surprenant de ses gâteaux. On racontait des choses. Pas toujours flatteuses. Certains passants, qui se retrouvaient par hasard devant le pas de sa porte, baragouinaient parfois :

« Voilà la boutique de la sorcière ! »

C'est qu'ils n'étaient jamais entrés à l'intérieur, car il aurait suffi qu'ils le fassent pour s'apercevoir que celle qu'ils appelaient sorcière avait tout d'une fée. Miss Victoria était jeune et belle. Dans ses grands yeux bleus, la mer s'était laissé enfermer. Elle était si gracieuse que lorsqu'elle agitait ses ustensiles, on aurait dit qu'ils valsaient, lentement guidés par sa main. Dans sa cuisine, la flamme cajolait la casserole. Le rouleau caressait la pâte. Le fouet se frottait contre le bol comme un chat qui ronronne au creux de l'épaule de sa maîtresse. Lorsqu'elle brisait un œuf, Miss Victoria recouvrait vite et le jaune et le blanc d'un manteau de farine, comme si elle avait voulu tenir au chaud le poussin qui aurait dû lui-même casser cette coquille. Souvent, une mèche de ses longs cheveux s'échappait de son chignon pourtant serré avec soin, maintenu sur le haut de sa tête par un élégant pic ouvragé. C'est que cette mèche aussi voulait valser.

Au milieu de la matinée, la boutique était envahie d'odeurs envoûtantes. Ça sentait bon le sucre et la poudre d'amande. Ça sentait la brioche, le miel et la pistache. Ça sentait la cannelle, la crème, la fleur d'oranger, et bien d'autres choses encore. Et toutes à la fois. Pourtant, ce bombardement de parfums doux et chauds, ce mélange d'arômes qui vous effleurait les narines et pénétrait en vous pour ne plus vous quitter, entrait dans la confection d'une seule et unique recette... Oui, Miss Victoria n'avait qu'un gâteau à sa carte. Plutôt que de faire de la pâtisserie anglaise, orientale, espagnole ou italienne comme on pouvait le voir ailleurs, Miss Victoria avait saisi tout ce que Gibraltar contenait de saveurs et de nuances et l'avait enfermé dans un dessert parfaitement équilibré. Ce gâteau, elle l'avait appelé le moly, du nom de l'herbe donnée par le dieu Hermès à Ulysse pour lui éviter de se changer en un vilain cochon. Elle en était très fière. Gibraltar avait beau appartenir à la couronne d'Angleterre, être gibraltarien, ce n'était pas seulement être anglais, d'après Miss Victoria. C'était un métissage et ça devait se sentir jusque dans sa cuisine. Et ça se sentait. Toutes les communautés de la ville venaient dans sa boutique et dès la première bouchée, elles croquaient le rocher sur lequel elles vivaient. Tout le monde mangeait des molys. On racontait que même les jours de carême, de ramadan et de Pessah, on avait vu sortir de la pâtisserie, un paquet à la main, ceux qui n'auraient pas dû y toucher.

La seule chose qui pouvait différencier un moly d'un autre, ce n'était pas son goût, mais sa couleur. Les glaçages que Miss Victoria déposait sur chacun d'eux allaient du bleu au rouge, et passaient par toutes les nuances de l'arc-en-ciel. Tous ces gâteaux de même taille, de même forme, mais de couleur différente, étaient disposés sur leur dentelle de papier et ressemblaient à des pierres précieuses dans leur écrin. Si bien que sa vitrine ressemblait parfois plus à celle d'une bijouterie qu'à celle d'une pâtisserie.

Une bijouterie parfumée.

*

Miss Victoria était mariée à sa boutique. Elle n'avait pas d'enfants, mais elle nourrissait presque tous ceux de Main Street. En fin d'après-midi, la pâtisserie en était remplie. Elle récupérait même les vauriens qu'elle entendait se chamailler sur le pas de sa porte. Elle intervenait, un moly à la main et le sourire aux lèvres :
« Allons, allons, petits Gibraltariens ! Entrez ici, au lieu de faire les brutes. »
Là, assis avec les autres, les enfants s'apaisaient et les conflits des adultes qui parfois se perdaient dans leur bouche disparaissaient aussitôt. Miss Victoria passait, de table en table, laissant les garnements se servir à pleines poignées dans les grands plats qu'elle leur tendait. La crème débordait au coin de leurs lèvres, le sucre leur maquillait les joues, leurs yeux s'ouvraient grand ; ils mangeaient en riant. Puis, pour satisfaire leurs oreilles, envieuses de leurs papilles qui avaient été gâtées, Miss Victoria racontait aux enfants l'histoire de ce rocher qui pointe hors de la mer, comme une dent prête à dévorer un gâteau. Leur rocher. Gibraltar. Et elle leur parlait d'elle, un peu. Elle descendait d'Héraclès et des cavaliers maures, des lords et des doñas, des corsaires, des Juifs, des Génois. Elle ajoutait toujours :
« Vous aussi, les enfants, vous êtes comme mes pâtisseries. Il y a en vous beaucoup de choses délicieuses, et c'est pour ça qu'on vous aime ! »
Souvent, alors qu'elle était au milieu d'une histoire, un singe, probablement perdu dans la ville, se figeait devant sa vitrine. Il regardait à travers les carreaux, l'œil vide, comme lorsqu'il contemplait la mer depuis son promontoire.
« Miss Victoria ! On nous espionne ! » disait l'un des enfants, amusé.

La belle pâtissière s'interrompait immédiatement. Elle s'avançait vers la vitrine, et tournant le dos aux enfants, elle fusillait le singe de ses grands yeux bleus. La mer qui y était captive ne semblait plus si douce, mais paraissait soudainement prête à dévoiler les récifs et les écueils qu'elle cachait aux marins. Le pauvre singe, la main posée sur sa devanture, baissait la tête et s'en allait tristement, laissant les enfants, heureux, se goinfrer dans la boutique.

« Ces singes, alors ! » s'exclamait Miss Victoria.

Puis, elle se radoucissait et retournait près des enfants. Les singes... Voilà bien la seule chose que Miss Victoria haïssait. Il y avait entre elle et les macaques comme une impossibilité de s'aimer. Ces deux mystères n'arrivaient pas à cohabiter.

En fin de journée, les parents poussaient la porte de la pâtisserie et faisaient à chaque fois le même commentaire :

« Ah ! Miss Victoria ! Mais qu'est-ce que vous mettez dans vos gâteaux ? »

Mrs Dobson, la femme d'un officier, ajoutait même :

« Ce sont des petits diables qui quittent la maison, et ce sont des anges qu'on récupère !

– J'ai mes secrets, répondait Miss Victoria en souriant. Tenez, emportez ça chez vous. »

Elle emballait ce qui restait de ce goûter magique et, en la regardant faire, Mrs Dobson, comme les autres parents, se sentait elle aussi plus légère.

« Je vous paierai demain, sans faute ! Je vous enverrai mon mari. Ne vous inquiétez pas, nous sommes des gens convenables, nous.

– Oui, oui, Mrs Dobson, quand vous y penserez...

– Je vais y penser ! Allons ! J'y tiens, vous savez, j'y tiens beaucoup ! »

Miss Victoria entendait ça depuis presque un an. Depuis que Mrs Dobson fréquentait la pâtisserie, son mari devait passer payer le lendemain. Mais Miss Victoria n'avait encore jamais vu la couleur de sa tunique. Peu lui importait. Les enfants étaient heureux, ils sortaient de chez elle en serrant fort la main de leurs parents après l'avoir embrassée sur la joue. Et ça lui suffisait. Chaque jour, aux alentours de 19 heures, la belle pâtissière baissait son rideau. Une fois seule, elle posait son tablier, rangeait ses ustensiles, et s'asseyait enfin en soupirant de satisfaction. Ses petits secrets avaient, encore une fois, rempli de joie les habitants de son rocher.

*

Le soir où le mari de Mrs Dobson se rendit enfin dans la boutique, la journée avait été très calme. Cela arrivait de temps en temps, surtout les jours sans école. On délaissait Main Street. On promenait les enfants sur le port, on les emmenait au jardin botanique ou sur les plages de l'autre côté du roc pour qu'ils trempent leurs pieds dans l'eau salée de la mer. On leur offrait une de ces calentitas que les marchands ambulants empilaient sur leur tête. Les enfants raffolaient de ces galettes salées. Ces jours-là, bien sûr, les présentoirs de Miss Victoria étaient presque tous pleins, remplis de molys encore à la tombée de la nuit.

La première chose que Miss Victoria pensa en voyant Mr Dobson entrer, c'est qu'il n'avait pas l'air plus convenable qu'un autre. Serré dans sa tunique rouge, son sabre à la ceinture, l'officier s'efforçait de paraître plus grand qu'il ne l'était. Il fallait qu'il en impose, même au milieu des gâteaux. Miss Victoria aurait préféré voir sa femme. Les sabres, elle n'aimait pas trop ça.

« Ça sent drôlement bon chez vous, Miss Victoria. Je viens pour...

– Je sais, Mr Dobson. Je sais », le coupa-t-elle.

Et comme elle le vit rouler des yeux vers ses molys, elle ajouta :

« Voulez-vous en goûter un ? Regardez tout ce qu'il me reste, ça serait dommage de les jeter. »

L'officier se raidit plus encore et dit très sérieusement :

« Les jeter ? Vous n'y pensez pas ! Ce serait comme lancer les bijoux de la reine à la mer ! »

Miss Victoria sourit en le voyant s'empiffrer. Comme les enfants, il en avait plein les joues, et sa barbe colorée révélait sa gourmandise. Mr Dobson n'était pas si rigide avec un gâteau dans la bouche !

« Les rouges, ce sont les meilleurs. J'ai l'impression d'être à Londres, Miss Victoria, quand je les mange. Mais qu'est-ce que vous mettez dedans ? Qu'est-ce que vous mettez dedans !

– Voyons, Mr Dobson, ce sont tous les mêmes. Les rouges ont le même goût que les autres ! Comme les autres ont le même goût !

– Vous en êtes sûre ? Je crois que c'est la crème à l'intérieur qui me tourne la tête ! Quand ma femme ramène vos pâtisseries à la maison, j'en garde toujours une pour moi, vous savez... Je l'emporte à la garnison. Et quand je l'ai terminée, les cris des soldats et le bruit des fusils me paraissent aussi doux qu'une valse viennoise. Si tous les soldats mangeaient vos gâteaux, Miss Victoria, il n'y aurait plus de guerres ! C'est ça que vous voulez ? Que les soldats se retrouvent à l'arrêt ? Ha, ha !

– Et pourquoi pas ? Allez, resservez-vous, au lieu de raconter des bêtises... »

La belle pâtissière souriait encore. Elle lui tendit un nouveau plat sur lequel elle prit soin de déposer ses molys préférés, même si, comme elle venait de le dire, les rouges avaient le même goût que les autres. L'officier Dobson fut touché par cet égard. Lorsqu'il tendit la main vers le plateau et qu'il effleura le bras de Miss Victoria, il devint plus rouge encore que les petits gâteaux. Plus il la regardait, plus il se noyait dans ses yeux. Miss Victoria commença à se sentir très gênée. Heureusement, la porte s'ouvrit brusquement sous le geste énergique de la vieille Cordero.

« Bonsoir, Señorita Victoria, cria-t-elle à travers la boutique, je vous apporte l'eau de fleur d'oranger ! »

La petite vieille n'avait pas encore levé la tête. Elle entrait, et comme à son habitude, elle refermait la porte derrière elle avant même de savoir si Miss Victoria était prête à la recevoir. Elle posait son panier sur le comptoir de la pâtisserie, s'essuyait les mains sur le tablier blanc qu'elle portait noué autour de la taille, par-dessus sa robe noire. Puis elle balayait la boutique du regard. Si Miss Victoria lui rendait son bonjour, elle déballait les flacons de son panier, mécaniquement, comme si elle déchargeait ses légumes en rentrant du marché dans sa propre cuisine. Mais si la pâtissière occupée ne l'avait pas entendue entrer, elle tendait ses doigts boudinés au-dessus du comptoir et saisissait un moly. Puis, elle s'asseyait à une table et tout en l'enfournant dans sa bouche encore très charnue pour son âge, elle appelait encore pour signaler sa présence avec le ton d'une femme pressée. La vieille Cordero aimait montrer qu'elle n'avait pas de temps à perdre.

Mais ce jour-là, quand elle leva la tête et vit Miss Victoria en compagnie d'un officier britannique, elle se recroquevilla dans son tablier et lança à Mr Dobson un regard sinistre.

« Ah ! Señora Cordero, vous tombez bien ! s'exclama la pâtissière. Je me demandais si je vous verrais aujourd'hui. »

Miss Victoria, qui sentait bien que ces deux-là n'étaient pas faits pour s'entendre, prit la peine de faire les présentations en brandissant entre eux le plateau qu'elle avait toujours à la main.

« Vous connaissez la Señora Cordero, Mr Dobson ?

– Je n'ai pas cette chance... » répondit-il sans même regarder la petite vieille.

Il était de nouveau raide comme si la crème qu'il avait encore au coin des lèvres avait soudainement cessé de l'attendrir. Miss Victoria s'avança vers la Señora Cordero qui serrait son panier contre elle comme un trésor qu'elle gardait jalousement.

« Servez-vous, Señora. N'hésitez pas ! Mr Dobson les adore, lui aussi...

– Je vois, répondit-elle sèchement. Non merci, je n'en veux pas. Ils sont tous rouges. Je n'aime pas les rouges.

– Ha, ha... ricana Mr Dobson. Ils ont tous le même goût !

– Ils ont le goût qu'on veut bien leur donner, rétorqua la vieille, et moi, les rouges, je ne les aime pas. »

L'officier Dobson, pour qui les molys représentaient rien de moins que le Royaume-Uni tout entier, se fit alors un devoir de la remettre à sa place. Il ne supportait pas que la Señora Cordero refuse d'y goûter avec tant de mépris.

« Madame ! Dois-je vous rappeler que vous êtes, comme moi, un sujet britannique ? Et qu'en refusant ce gâteau, c'est la reine que vous insultez ?

– Allons, Mr Dobson... Vous exagérez, tempéra Miss Victoria.

– Non, je n'exagère pas ! Et j'affirme devant cette dame que j'ai percé le secret de vos pâtisseries. Cette crème si légère et si douce qui fait le bonheur de Gibraltar, c'est tout le bien qu'apporte le Royaume dans ses colonies ! »

La vieille Cordero fut alors prise de tremblements. L'officier recula. Miss Victoria, inquiète, posa son plateau sur le comptoir et s'approcha d'elle.

« Tout va bien, Señora Cordero ? »

La petite vieille leva la tête. Elle pouffait de rire.

« Ha, ha, ha ! Votre client, là, c'est un rigolo ! La crème... »

La pâtissière parut soulagée. Son pire cauchemar était qu'une dispute éclate, dans sa boutique, là où les enfants étaient si heureux. Mais, quand la Señora Cordero reprit la parole,

Miss Victoria comprit que ces deux-là n'en avaient pas tout à fait fini.

« Monsieur, vous pouvez parader en ville avec votre tunique et votre sabre, mais je ne vous laisserai pas raconter n'importe quoi ! hurla la vieille. Je ne suis pas anglaise, moi ! Je suis une Espagnole de Gibraltar ! Et si votre reine peut venir se faire bronzer sur nos plages, c'est parce que vous nous faites la guerre depuis cent cinquante ans !

– Madame, arrêtez...

– Je n'ai pas fini de parler ! Vous ne comprenez rien. Et vous osez nous dire que vous avez découvert le secret de ces gâteaux ? La crème... Vous n'y connaissez rien en cuisine ! Voilà d'où vient le secret ! »

Et la vieille sortit triomphalement de son panier les flacons qu'elle réservait à Miss Victoria.

« Oui, monsieur. Tout vient de là ! De l'eau de fleur d'oranger. Et pas de n'importe quels orangers ! De ceux qui poussent sur les côtes andalouses, dans la baie d'Almería, chez moi, en Espagne ! »

L'officier Dobson avait les yeux qui lui sortaient de la tête. Cette vieille était si insolente... Il serrait le pommeau de son sabre, se retenant tant bien que mal de corriger cette horrible personne qui le ridiculisait avec ses orangers espagnols. Miss Victoria dut prendre les choses en main. Elle attrapa deux molys, en fourra un dans la bouche du soldat et se retourna vers la Señora Cordero avec le regard glacial qu'elle lançait aux singes :

« Ouvrez la bouche, Señora, et dites-moi franchement si les rouges sont plus mauvais que les autres. »

La vieille, qui ne l'avait jamais vue si autoritaire, n'osa pas refuser. Elle mastiqua lentement et se dérida aussitôt. Plus elle mâchait, plus son visage semblait s'illuminer.

« Non... Non, répondit-elle, très émue, ils sont excellents... La crème est délicieuse... »

La Señora Cordero se mit soudain à rire si fort que Miss Victoria tressauta. L'officier, ému lui aussi, posa la main sur l'épaule de la vieille qui lui rendit son geste d'amitié.

« Ouf ! On est passés tout près de la catastrophe... » pensa la pâtissière.

C'est à cet instant que Mme Mahrouz entra dans la boutique.

« Ah ! Grâce à Dieu, votre boutique n'est pas encore fermée ! » s'écria-t-elle.

L'officier Dobson, dont la barbe disparaissait maintenant sous le sucre, la crème et le glaçage, glissa à la vieille Cordero :

« Je dirai plutôt que c'est grâce à nous si la pâtisserie est encore ouverte, ha, ha ! »

Ils s'esclaffaient comme deux vieux amis sous le nez de la pauvre dame dont le visage affichait un air désespéré. Miss Victoria, qui venait pourtant de calmer un orage, rassembla ses forces pour l'accueillir chaleureusement.

« Qu'est-ce qu'il se passe, madame Mahrouz ?

– C'est mon mari, il est devenu fou à cause de son travail, à force de charger le charbon au port... Il me fait tellement de peine ! Ça fait deux jours qu'il est allongé sur le lit, sans rien manger. Mais je suis sûre que vos gâteaux à vous, il les mangera. Je ne sais pas ce que vous mettez dedans...

– On aimerait bien le savoir nous aussi ! coupa l'officier Dobson, complètement indifférent à la détresse de Mme Mahrouz.

– Ça oui ! » renchérit la Señora Cordero.

Ces deux-là riaient de si de bon cœur que ça en devenait embarrassant. Mme Mahrouz les ignorait.

« Il ne jure que par vos molys, reprit-elle. Il en rêve la nuit ! Dites-moi qu'il vous en reste, Miss Victoria ! Il n'y a que vos molys qui pourront me le guérir... Vous comprenez, le miel, les amandes, ça lui rappelle tellement de souvenirs... »

Miss Victoria n'eut pas le temps d'ouvrir la bouche. Mr Dobson bomba le torse, prit un air grave et abattit son poing sur le comptoir :

« Les amandes ? Quelles amandes ? Mais, madame, vous n'y êtes pas du tout !

– Vous n'y connaissez rien ! Le miel... c'est à peine si on le sent ! surenchérit la vieille Cordero.

– Entendre des bêtises pareilles... Et vous vous étonnez qu'il soit malade. Moi, je m'étonne qu'il soit encore en vie ! reprit l'officier. Ce qu'il y a de meilleur dans ces trésors, ce qui redonnera à votre mari sa jeunesse et sa fougue, c'est...

– La fleur d'oranger ! coupa la Señora Cordero.

– C'est la crème ! » insista Mr Dobson avant de lancer à nouveau son poing sur le comptoir.

Il dévisagea la vieille marchande d'eau de fleur d'oranger qui le fixait comme un soldat ennemi, en le tenant en joue d'une affreuse grimace. Puis il posa mécaniquement sa main sur le pommeau de son sabre et l'idée de lui passer son arme à travers le corps lui traversa l'esprit. C'était terminé, ils ne riaient plus ensemble. Miss Victoria, qui leur avait tourné le dos pour emballer les molys de Mme Mahrouz, soupira :

« Allons, allons, vous deux ! Vous n'allez pas recommencer ! Madame a déjà assez de soucis comme ça ! »

Mais ce qu'elle vit en se retournant la fit sursauter. Mme Mahrouz, loin de se morfondre, avait le visage écarlate. Les poings en avant, elle menaçait cet homme et cette femme qui s'étaient tous les deux montrés si grossiers envers elle.

« Qu'est-ce que vous dites ? Que je n'y connais rien, moi ? Que je ne sais pas ce qui est bon pour mon mari ? Que je ne sais pas ce qui se fait de meilleur à Gibraltar ? C'est les Britanniques qui ont donné son nom à se rocher ? Djebel Tarik, c'est anglais, peut-être ?

– Ah, ça non ! hurla la vieille Cordero.

– Oh, vous ! Vous ne valez pas mieux ! D'où vous croyez qu'ils sortent vos orangers ? Qui les a amenés ici ? Les Maures, Señora ! Vous pouvez faire la maligne avec vos flacons, mais sans mes ancêtres, il n'y aurait que des oliviers et de la vigne ici ! Je ne sais pas pourquoi les gâteaux de Miss Victoria font cet effet aux gens, mais je vous le dis, vos oranges n'y sont pour rien ! Sans miel ni amandes, ils ne feraient aucun effet du tout ! »

Des insultes fusèrent et l'officier, voulant à nouveau mettre sa main au sabre, s'emmêla les pinceaux et buta sur le comptoir, flanquant par terre les plateaux de métal qui s'y trouvaient. Au milieu de ce vacarme épouvantable, Mme Marhouz arracha des mains le paquet de Miss Victoria, déchira le papier, sortit violemment trois molys, en enfourna un dans la bouche de l'officier Dobson, un autre dans celle de la Señora Cordero, et mangea le troisième.

Miss Victoria était consternée. Ces trois-là étaient presque aussi détestables que ces stupides singes qui bavaient devant sa vitrine. Leurs cris et leurs bousculades allaient finir par inquiéter les voisins qui n'entendaient d'habitude que des rires d'enfants sortir de la boutique. Bien sûr, avec un gâteau dans la bouche, l'officier et les deux dames se calmèrent aussitôt. Ils souriaient presque, béats, et répétaient en chœur :

« Qu'est-ce qu'elle met dedans ? Mais qu'est-ce qu'elle met dedans ? »

Puis, juste après avoir avalé la dernière bouchée, ils se fixèrent du coin de l'œil, méfiants, sans dire un mot. Miss Victoria espérait qu'ils allaient s'en aller. Il était temps pour elle d'abaisser son rideau, 19 heures avaient sonné depuis longtemps déjà. Mais ils ne semblaient pas du tout décidés à rentrer chez eux. Au contraire, ils paraissaient avoir complètement oublié ce pour quoi ils étaient venus. Miss Victoria voulut profiter du silence qui s'était installé pour les inviter à rentrer chez eux. Mais à cet instant, la situation empira.

Les voisins, alertés par ces cris inhabituels, entrèrent dans la pâtisserie, suivis par des curieux qui avaient regardé tout ce remue-ménage depuis la rue à travers la vitrine. Tous s'entassèrent devant le comptoir de Miss Victoria et la discussion qu'ils avaient eue à trois, ils l'avaient maintenant à quinze ou à vingt. La pâtissière voulut fermer sa boutique, mais ne parvint pas à accéder à la porte. On y entrait toujours. On s'asseyait où on le pouvait, à même le sol, sur le comptoir ; toutes les tables étaient prises. Le mari de Mme Mahrouz, venu chercher lui-même ses molys, avait bien du mal à retrouver sa femme. Mrs Dobson, inquiète de ne pas voir son mari de retour et jalouse de le savoir depuis si longtemps en compagnie de la plus belle femme de Gibraltar, déboula elle aussi. Elle était en colère, mais leur dispute passa inaperçue, car on s'écharpait sauvagement au sujet des gâteaux.

On ne se demandait plus ce que Miss Victoria mettait à l'intérieur, on était convaincu qu'un ingrédient et un seul était responsable de tout le bien que les molys faisaient. Chacun défendait le sien à coups de poing sur les tables, de pied sur le plancher, de chaise contre les murs. C'était une question d'honneur. On se déchirait la gorge pour hurler plus fort que celui ou celle qui venait de brailler. Les fils de la Señora Cordero avaient rappliqué pour lui venir en aide :

« C'est la fleur d'oranger qui fait tout dans les molys, on vous dit ! Elle envoûte les palais depuis des siècles ! Qui oserait dire le contraire, ici ?

– Le miel a toujours rendu les gens plus doux ! Vous devriez en manger à la cuillère ! beuglait-on à l'autre bout de la boutique, en brandissant ce qu'on trouvait pour paraître plus féroce.

– Non, c'est le mascarpone ! Ignorants !

– La pistache rend les gens heureux ! Même un âne sait ça ! »

On était à deux doigts d'en venir aux mains. Pour expliquer où se trouvait le secret du bonheur, ces imbéciles étaient prêts à se faire la guerre ! Miss Victoria ne se découragea pas, elle attrapa deux plateaux et se mit à distribuer ses gâteaux au hasard. À chaque fois que ces brutes mordaient dans un moly, elles se calmaient un peu. Mais au fond de leurs yeux, une folie couvait et ne demandait qu'à jaillir à nouveau. Comme les vagues s'abattent sur les récifs, laissant aux rochers trop peu de répit entre deux assauts, la colère de ces gens repartait de plus belle. Les rares moments de trêve n'étaient que le bref repos qu'il leur fallait pour retrouver la force de crier encore plus fort et de noyer les autres sous un flot d'insultes.

« Ce n'est pas possible ! C'est un cauchemar ! pensa Miss Victoria. Ils sont tous devenus fous ! »

Elle jonglait avec ses plateaux. Elle vidait tout son stock dans les bouches de ces monstres, espérant encore leur faire entendre raison, espérant qu'ils seraient aussi sages que leurs enfants. Une histoire et un moly leur suffisaient bien, à eux, pour redevenir adorables...

Mais c'était plus délicat avec leurs parents. Les disputes, maintenant, ne tournaient plus autour des gâteaux. Le secret de la belle pâtissière, personne n'en avait plus rien à faire. Les rancœurs des uns envers les autres prenaient toute la place. On invoquait les conflits remontant à des années, à des siècles. Un coup de canon de trop, un traité mal signé, un fort détruit, des ancêtres blessés... Chacun avait été la victime, il était temps de revêtir les habits du bourreau. Les visages se tordaient. Les menaces fusaient. Miss Victoria était anéantie. Tout ce en quoi elle croyait disparaissait soudain dans sa propre boutique. Gibraltar sombrait comme l'épave d'un navire sabordé par ses marins.

Une dernière fois, Miss Victoria tenta d'arrêter la tempête :

« Gibraltariens ! Vous oubliez qui vous êtes ! »

Ils se figèrent un instant jusqu'à ce que quelqu'un crie à travers la pâtisserie :

« Oh ! Celle-là, elle va nous laisser tranquilles avec ses sourires et ses gâteaux ! »

Et sans qu'elle sache d'où il était parti, Miss Victoria reçut un de ses molys en plein dans la figure. Alors, ce fut l'émeute. D'autres gâteaux volèrent, et puis les plateaux, et puis les chaises et les tables. On s'insultait, on s'empoignait, les yeux exorbités, la bouche pleine de rage. Ici et là, les chemises et les robes étaient presque en lambeaux. De l'autre côté de la vitrine, un couple de singes descendus du haut du roc regardait avec fascination ces fauves détruisant leur cage. Excités par cette haine contagieuse et incontrôlable, les deux macaques se mirent à hurler en tapant violemment contre la devanture.

Miss Victoria les fit taire d'un froncement de sourcils. Lentement, elle s'essuya la figure et constata les dégâts autour d'elle. Et, affichant un calme inquiétant, elle resserra son tablier et murmura froidement :

« Alors ça recommence pour de bon. Très bien. Ils vont connaître mes secrets, puisque c'est ce qu'ils veulent. »

Un drôle de rictus s'installa à la commissure de ses lèvres. Elle tourna le dos à ces fous qui s'entretuaient chez elle et regagna sa cuisine. Elle y resta une heure, peut-être deux, complètement indifférente aux bruits de casse, aux cris et aux injures qu'elle entendait pourtant. Elle s'appliquait, inébranlable comme l'était son rocher face aux flots et aux vents. Ce qu'elle préparait là, elle le réservait aux grandes occasions. Il n'était pas question de rater sa recette. La belle pâtissière, impassible, le même rictus figé sur le visage confectionnait son chef-d'œuvre. L'odeur qui se dégageait des fourneaux envahit bientôt la boutique, et la horde qui se déchirait toujours fut complètement sonnée dès les premiers effluves. L'invisible parfum agit comme un sortilège. Quand Miss Victoria sortit de sa cuisine, elle trouva celles et ceux qui avaient ruiné son magasin assis gentiment au milieu des décombres. La vitrine était cassée, les singes étaient entrés. Ils leur tiraient les oreilles et les cheveux sans qu'ils réagissent. Les bêtes sauvages étaient toutes assagies. Les yeux dans le vague et la bouche grande ouverte, tous attendaient qu'une main généreuse y dépose quelque chose.

C'est ce que fit la pâtissière. Ils n'étaient pas spécialement beaux, ces gâteaux-là. Ils étaient tout blancs et ronds comme des billes. Ils fondaient immédiatement sur la langue. L'officier Dobson et sa femme furent les premiers servis. Aussitôt qu'ils eurent avalé ce gros bonbon, ils se levèrent, marchèrent lentement jusqu'à la porte de la boutique et attendirent sagement d'être rejoints par les autres, le regard hébété. En moins de dix minutes, tous se donnaient la main, les pieds dans les éclats de verre.

« Maintenant, sortez ! Et attendez-moi sur le trottoir », ordonna Miss Victoria d'un ton sec et sévère.

Dehors, il faisait noir. La cohorte ensorcelée obéit et la suivit mécaniquement dans les ruelles sombres. Le couple de singes les escortait en les pinçant ici et là, au hasard. Ils quittèrent la ville et rejoignirent le sentier qui montait sur le roc. L'un derrière l'autre, ils s'engagèrent sur les marches abruptes d'un escalier à flanc de falaise. Plus ils montaient, plus la mer s'éloignait d'eux. À mi-chemin, on distinguait à peine, à la lumière de la lune, les crêtes blanches des vagues noires s'abattre sur la grève et rhabiller les rochers d'une dentelle d'écume. Mais leur refrain sourd et lancinant, on l'entendait très bien. C'est même ce qui semblait rythmer la marche de cette troupe hallucinée. Un vent chaud se leva. Miss Victoria se mit à fredonner un air inquiétant. Le sentier longea une grotte, et les deux singes coururent aussitôt s'y engouffrer en lançant des bruits rauques. Moins d'une minute après, des dizaines d'yeux jaunes brillèrent dans la nuit. Encouragés par l'éclat de rire aigu qui sortit de la gorge de la pâtissière, vingt ou trente macaques encerclèrent la troupe. Miss Victoria tira de son chignon défait le pic qui liait ses cheveux immenses et les laissa aller au vent. Puis elle fit encore quelques pas au milieu d'un maquis broussailleux et s'arrêta devant un épais buisson de myrte. Elle en respira le parfum à plein nez, en détacha une jeune pousse et s'en fit une couronne comme le faisaient autrefois certaines prêtresses antiques. Elle écarta ensuite les branches du buisson et tous virent apparaître les restes d'une vieille colonne brisée. Une inscription était encore lisible sur le socle. Miss Victoria prit l'officier Dobson par le bras et le força à s'agenouiller au pied de la colonne. Machinalement, tous s'agenouillèrent. Les singes, eux, ne tenaient plus en place. Ils tournaient sur eux-mêmes, hurlaient, sautaient sur les branches, faisaient claquer leurs dents.

« Silence ! » ordonna Miss Victoria.

Et les singes sauvages se turent aussitôt.

Elle caressa les cheveux blonds de l'officier.

« Lis, maintenant, exigea-t-elle. Lis ce qui est écrit là. »

Le soldat, hagard, colla son nez contre le marbre froid et plissa les yeux. Ses lèvres bougeaient, mais aucun son ne sortait de sa bouche.

« Alors ? J'attends ! »

Le pauvre homme essayait, mais il n'y avait rien à faire, il n'y arrivait pas. Les singes hurlèrent encore, mais cette fois, Miss Victoria les laissa faire. Elle ricana, et avec la pointe de son pic à cheveux, elle appuya frénétiquement sur le dos de l'officier.

« Eh bien ! tu n'obéis pas ? »

Comment aurait-il pu ? Il gémissait sous les piqûres. Miss Victoria se tourna alors vers la Señora Cordero.

« Toi, la vieille ! Viens ici ! Lis ce qui est écrit. »

La Señora Cordero, à genoux, regarda autour d'elle, s'avança lentement à quatre pattes et rejoignit l'officier. Elle plissa les yeux à son tour, fixa la colonne sans parvenir à faire ce qu'on lui demandait, et reçut elle aussi des coups de pic dans le dos.

« Tu n'y arrives pas non plus ? Vous ne savez plus lire ? Ha, ha, ha ! »

Le rire de Miss Victoria, mêlé aux cris des singes, glaça le sang des autres. Elle qui paraissait si douce et si tendre dans sa boutique avait, cette nuit-là, dans sa robe déchirée, des allures de sorcière.

« Nec plus ultra. Voilà ce qui est écrit ! Il n'y a rien au-delà ! Rien au-delà de Gibraltar ! Rien de plus grand, rien de plus beau que ce que vous avez détruit ! Sauvages ! »

Ses yeux étaient si clairs maintenant que la mer semblait s'en être retirée. C'est la lune qui s'y reflétait dans l'obscurité profonde de la nuit. Le vent remuait dans les buissons. Les branches tortueuses des arbustes les faisaient ressembler à des danseurs macabres. Au cœur de ce ballet sinistre, le rire effrayant de Miss Victoria résonna encore une fois.

« Pour vous maintenant, il n'y aura plus rien au-delà de ces arbres et de ces grottes », dit-elle ensuite.

Les singes s'approchèrent alors de ceux qu'elle venait de traiter de sauvages. Ils regardèrent de près leurs yeux remplis de peur, et brusquement, ils tirèrent leurs cheveux, leur griffèrent les joues, leur arrachèrent leurs bijoux. Miss Victoria abandonna aux singes les monstres qui avaient dévasté sa boutique. Une dernière fois, elle se tourna vers eux et s'adressa indifféremment aux uns et aux autres :

« Et que je n'en vois pas un rôder devant ma vitrine ! »
Puis elle disparut.

Cette nuit-là, le vent transporta jusque sur les côtes africaines des cris si horribles que beaucoup en perdirent le sommeil.

*

Le lendemain, tous les habitants de Main Street et des rues alentour s'étaient rassemblés devant la devanture de Miss Victoria. Ils regardaient, consternés, la boutique de cette si gentille pâtissière entièrement dévastée. Ce qu'il s'était passé, personne n'en savait rien. Peut-être une explosion de gaz dans sa cuisine ? On ne trouvait pas d'autre explication. À vrai dire, on ne chercha pas longtemps à en savoir plus. Il y avait plus urgent. Miss Victoria avait besoin d'aide pour mettre de l'ordre dans ce désastre.

« Vous êtes adorables ! s'exclama-t-elle, touchée par la bonté de ses voisins qui accouraient pour l'aider.

– Avec tout le bien que vous faites autour de vous ! C'est bien normal qu'on vous le rende !

– Très bien, très bien ! Quand nous aurons terminé, je vous préparerai à tous un panier rempli de gâteaux ! »

Elle ne pouvait promettre une meilleure récompense. Les gens étaient si pressés de recevoir leur panier qu'en moins de trois jours le magasin fut entièrement restauré. Miss Victoria n'avait pas voulu qu'on touche à la cuisine, ni à la peinture de la façade. Sa cuisine, c'était son jardin secret. Quant à la façade, elle voulait elle-même y repeindre son nom. On remarqua que certains Gibraltariens n'étaient pas venus prêter main-forte, comme l'officier Dobson et sa femme, de bons clients pourtant. Le bruit courut que même leurs enfants les cherchaient.

« Ils n'ont pas honte ! » entendait-on.

Et Miss Victoria répondait en souriant et haussant les épaules :

« Oh ! Ça ne fait rien... Tant pis pour eux ! Ils n'auront pas de gâteaux ! »

Et d'autres en furent privés. Durant ces trois jours, on signala aux autorités de Gibraltar pas moins de trente-cinq disparitions supplémentaires.

Le jour de l'inauguration de la nouvelle boutique, chacun reçut le panier promis. Miss Victoria insista beaucoup pour remercier tout le rocher. Jour et nuit, elle avait travaillé sans relâche pour que chaque habitant de Gibraltar reçoive sa part. Elle avait fait le tour des maisons en invitant chacun à venir lui rendre visite quand bon lui semblerait. À l'instant même où ils goûtèrent aux gâteaux, hommes, femmes et enfants ne purent se rappeler comment ces pâtisseries avaient atterri entre leurs mains. Ceux qui avaient aidé Miss Victoria ne gardèrent pas le moindre souvenir des travaux qu'ils avaient effectués. On oublia les disparus rapidement, comme s'ils n'avaient jamais existé. On oublia même qu'il y avait eu sur Main Street, au-dessus du port, juste à côté d'autres marchands raffinés, une pâtisserie tenue par une belle jeune femme qui avait capturé la mer dans ses yeux. Et, chose étrange, personne ne parut surpris de découvrir cette inscription en jolies lettres bleues sur la devanture d'une nouvelle boutique, au milieu de la rue principale : PARFUMERIE VICTORIA.

En très peu de temps, la parfumerie rencontra un immense succès. On s'y précipitait à toute heure. On n'y trouvait qu'un seul produit, mais il plaisait à tout le monde. Même les enfants se laissaient séduire par ces odeurs délicates qui leur donnaient le sourire et apaisaient leurs querelles. Miss Victoria les accueillait volontiers, elle leur déposait sur le cou quelques gouttes de parfum et prenait le temps de leur raconter une histoire. De temps en temps, un enfant s'écriait :

« Miss Victoria, on nous espionne ! »

C'était le singe qui venait regarder à travers la vitrine de la parfumerie. Les enfants se moquaient toujours de lui. Il faut dire qu'il était drôle, ce singe. Il portait sur le dos une vieille tunique déchirée, une tunique rouge comme celles que portent les soldats. Miss Victoria le fixait froidement, le singe grotesque baissait la tête et disparaissait aussitôt que les parents des enfants poussaient la porte de la parfumerie. En entrant dans la boutique, enchantés par les odeurs, les clients avaient toujours les mêmes mots à la bouche :

« Oh... Miss Victoria ! Mais qu'est-ce que vous mettez dans vos parfums ? »

Mon papillon dans l'estomac

> « La mer enseigne aux marins
> des rêves que les ports assassinent. »
> Bernard Giraudeau, *Les Hommes à terre*

« Il est comme ça, Manel, il n'aime personne. Faut pas l'embêter. Faut le laisser tranquille et pas s'approcher de lui... »
C'est ce qu'ils disent tous, les vieux du village, quand ils voient les enfants sortir de l'eau en pleurnichant, le souffle coupé, les yeux qui piquent. Quand les petites filles et les petits garçons ont des grosses marques rouges sur les bras, sur le ventre, parce que Manel les a pincés en imitant le homard avec ses gros doigts. Parfois, les vieux se lèvent de leur banc et se mettent un peu à crier, surtout quand Manel s'amuse à noyer les plus petits. Les femmes quittent l'horizon des yeux et la sardane qu'elles fredonnaient s'interrompt brusquement tandis qu'elles s'avancent sur la plage.
« Manel ! T'as pas mieux à faire ? Celui-là, c'est le fils du diable...
– Le diable, il est aussi laid, mais il est pas aussi bête !
– C'est pas comme ça que tu te feras des amis, borinot ! »
Et les vieilles femmes, boitillant sur leurs jambes fatiguées, récupèrent les enfants et chassent leur gros chagrin en les serrant contre elles. Les vieillards, eux, rajustent leur casquette, froncent les sourcils, lissent orgueilleusement leur moustache en levant le menton et brandissent leur canne bien haut pour

faire peur à Manel. Si le chagrin des enfants est trop lourd, ils vont jusqu'au café, à dix mètres de leur banc, et reviennent, la canne accrochée sur l'avant-bras, les mains chargées de cornets de glace.

Les vieilles dames, rassises, fixent à nouveau le ciel séparé de la mer par les fines voiles des bateaux au large. Les embruns qui se détachent doucement du haut des vagues et frappent nonchalamment la coque colorée des barques de pêcheur leur redonnent l'envie de fredonner. Et quand les cris des goélands les accompagnent, les méchancetés de Manel sont déjà très loin d'elles.

Elles ont tout faux, les vieilles dames. Des amis, il n'en veut pas, Manel. Mais ce n'est pas vrai qu'il n'aime personne. Il aime bien les animaux : les lapins, dans le civet aux escargots de sa mamie, et les mouches aussi. Il aime bien jouer avec les mouches, il leur arrache les ailes. Il trouve ça mieux, les mouches sans ailes. C'est facile de les leur arracher, ça part tout seul quand on sait faire. Après, il leur fait faire la course dans sa boîte en carton. Les mouches sans ailes, c'est mieux que les amis, ça ne pleure pas quand on les pince.

La mer, il l'aime pour de vrai. Il ne sait pas vraiment pourquoi, mais il l'aime. Quand le soir, après l'école, les autres enfants vont se baigner sous le regard ému de leurs parents, Manel, lui, se tient à l'écart sur une petite plage de sable jaune. Il dore sur une pierre chaude et quand il veut s'amuser, il s'assoit au bord de l'eau et se laisse avaler par les vagues. Elle est taquine, la mer. Elle fait toujours semblant de le manger, mais elle le repose très vite. Elle fait mine de partir, puis elle revient et elle le mange encore ! C'est pour rire qu'elle fait ça. Il le sait bien, Manel, la mer lui sourit. Quand ils ont fini de jouer tous les deux, ils font des blagues aux autres. Manel change de plage et va faire le homard ou noyer les enfants.

Il aime tellement la mer, Manel, qu'il est toujours en maillot de bain, même à l'école. Les gens se moquent de lui, ils disent qu'il n'a l'air de rien avec son maillot rouge toujours collé aux fesses. Ils disent qu'il sent l'écume, qu'il est toujours poisseux. Ils disent même qu'il n'est pas beau. Mais il n'en a rien à faire. Il veut rester en maillot de bain jusqu'à la fin de l'automne.

Dans son village isolé à la pointe orientale de l'Espagne, camouflé dans les calanques de l'Alt Empordà, au nord de la Costa Brava, il ne fait pas souvent froid. Une grande partie de l'année, la lumière du soleil inonde la baie de Cadaqués et se reflète sur les façades des maisons blanches peintes à la chaux. Séparé du reste de l'Espagne par le pic d'El Peni, Cadaqués semble tout entière tournée vers la mer dont le bleu profond absorbe les heures. Quelques barques de pêche mouillent dans le petit port. On dirait des perles radieuses épinglées sur ce tableau par inadvertance. La douceur de la baie contraste avec les récifs du cap de Creus, dévorés par l'écume, qui bordent le village.

La maison de Manel ressemble aux autres maisons situées derrière l'église Santa-Maria. Sur ses murs blancs grimpe un immense bougainvillier dont les fleurs mauves rendent encore plus éclatant le bleu des vieux volets en bois. Isolée au fond d'une petite impasse, la maison de Manel est la seule du quartier à avoir été baptisée. Au village, on l'appelle *La Sirena*. Sur le chemin qui débouche sur l'impasse, trône la mosaïque d'une femme-poisson. On ne sait pas qui l'a posée là, ni quand. Chacun a sa version, chacun a son histoire à raconter. Il y en a même qui disent que si Manel est comme il est, c'est à cause de la sirène. Mais c'est sûrement faux.

Manel, lui aussi, croit une histoire. Quand il posait des questions sur sa mère qu'il n'avait jamais vue, son père lui répondait que le jour où elle serait devant la porte, ils devraient s'y mettre à deux pour l'attraper dans un filet et ne plus la laisser partir. Son père était pêcheur, il savait de quoi il parlait. Alors, dans la tête de Manel, où les courses de mouches sans ailes n'existaient pas encore, une idée s'est installée. Cette sirène, c'était sa mère. Elle se cachait, elle se changeait en pierre, elle avait peur de quelqu'un. Heureusement, lui, il la voyait. Chaque soir, il lui parlait et même, quand il s'endormait sur elle, il l'entendait chanter rien que pour lui. Peu à peu, il se mit à détester le métier de son père, il ne supporta plus de voir un poisson dans une bourriche, ni même dans une assiette. Lorsque le pauvre homme rentrait du travail, Manel s'enfermait dans sa chambre, il ne supportait plus l'odeur de la pêche, des viscères et des écailles.

Et c'est son père qu'il a fini par détester. Il n'a même pas pleuré quand il a appris qu'un matin, on avait retrouvé sa barque jaune échouée sur la plage, vide.

C'est à peu près à cette époque qu'il a commencé à sentir qu'un papillon butinait dans son ventre.

*

La grand-mère de Manel avait emménagé avec lui à *La Sirena*. Elle ne sortait pas beaucoup, elle savait bien que son petit-fils aurait aimé qu'elle vienne avec lui à la plage. Bien sûr, elle n'était pas aussi belle que les mamans des autres, qui sentaient bon la crème, qui parlaient fort et riaient beaucoup, allongées sur leurs draps de bain. Elle ne chantait pas aussi bien que les autres grand-mères assises sur leur banc à regarder les vagues, mais ça lui aurait plu quand même qu'elle l'accompagne, elle le savait. Elle préférait l'attendre là, derrière sa fenêtre à l'ombre du grand bougainvillier.

Ce soir-là, comme les autres soirs après sa baignade, Manel rentra chez lui en remontant la rue derrière l'église. Il était plus énervé que d'habitude, il marchait vite, tête baissée, l'air pressé dans son maillot rouge ; son papillon butinait fort. Heureusement, il savait comment s'y prendre pour le calmer un peu. Il s'enfonça dans les ruelles et s'assura de n'être vu par personne. Il se mit alors à siffloter en sautillant en direction de la petite fontaine publique. Là, il plongea les mains dans l'eau, puis les enfouit dans les innombrables pots de fleurs posés au pied des maisons blanches. Ensuite, à l'endroit où la ruelle rétrécissait, il étendit les bras et tapissa les murs de boue. Il avait encore les mains un peu sales, il les essuya donc sur un vieux chat qui ne prit même pas la peine d'ouvrir les yeux. Généralement, Manel se sentait mieux après avoir caressé le chat, mais ce soir, il prit le temps de piétiner quelques roses avant de rentrer chez lui.

« Hola, mare ! » glissa-t-il à la femme-poisson en évitant de lui piétiner les écailles, et il entra dans sa maison.

Sa mamie l'entendit et lança sans bouger de son fauteuil :

« Manel ! C'est toi ? Alors, l'eau était bonne ce soir ? Et à l'école, tu as été sage ? »

Manel répondit par un hochement de tête, puis fila dans sa chambre pour jouer avec sa boîte en carton. Tout allait bien. Rien de spécial. Il mentait. Cinq minutes plus tard, on tapait à la porte.

« Qu'est-ce que c'est ? cria la vieille dame, j'arrive, un moment ! »

Et la mamie arrêta d'écosser ses haricots, se leva péniblement et se dirigea vers la porte d'entrée. On tapa à nouveau, plus fort.

« Oui ! Oui ! »

Elle ouvrit enfin et vit sur le perron deux grands gaillards en colère. L'un des deux était complètement trempé.

« Bonsoir, madame Bruguera, dit-il. Je suis Marti Lloria.

– Qu'est-ce qu'il se passe ? demanda-t-elle en retirant vite sa main de celle du pêcheur.

– Manel a encore fait des siennes, madame.
– Il vient de rentrer, il ne m'a rien dit ! Manel, descends ici, tu as de la visite ! Il a encore embêté les enfants sur la plage ?
– Ça, je ne peux pas vous le dire. Ce que je sais, moi, c'est qu'il embête les adultes ! Regardez-moi, je suis trempé ! Votre petit-fils m'a fait tomber dans l'eau !
– Comment ?
– Comme je vous le dis, répondit Marti Lloria. Xavi et moi, on pêchait sur les rochers. Il est passé devant nous quand on comptait nos prises. On l'a salué, mais il est devenu fou ! Il nous a traités d'assassins avant de se jeter sur nous ! Il m'a poussé dans le dos et s'est enfui en courant. J'ai failli me fracasser la tête contre les rochers, madame !
– Il n'aime pas trop les pêcheurs, répondit sèchement la vieille dame, tandis que Manel, descendu de sa chambre, se cachait derrière elle.
– Nous non plus, on l'aime pas trop ! Vous feriez mieux de le tenir parce que la prochaine fois, c'est la police qui le ramènera chez vous ! »

Manel serrait très fort la jupe de sa grand-mère. Il sentait son papillon butiner au fond de son estomac plus fort encore que lorsqu'il avait vu les pêcheurs vider les poissons sur les rochers. Il avait envie de leur enfoncer la tête dans les pots de fleurs. Ces deux brutes l'avaient suivi jusque chez lui et ils écrasaient maintenant la sirène avec leurs grosses bottes en criant sur sa mamie.

« Pourquoi tu me regardes avec ces gros yeux, Manel ? s'exclama Xavi, l'autre pêcheur. On dirait un calamar devant un banc de crevettes !
– En tout cas, j'espère que tu as bien compris ! ajouta Marti Lloria en dévisageant le petit garçon. La prochaine fois, c'est la police ! Adéu, madame. »

Et ils s'éloignèrent, satisfaits d'avoir donné une bonne leçon à ce vandale. Manel, lui, fila dans sa chambre en se tenant le ventre. Il se jeta sur son lit en balbutiant :

« Mon papillon... mon papillon... »

Il était en colère, il se tordait de douleur. Ce gros imbécile de pêcheur l'avait traité de calamar. Menteur ! Un calamar... Il ne ressemblait pas à ça quand même... C'est moche, un calamar, avec ses tentacules... Manel réussit à se lever et se regarda dans le miroir de son armoire. Il blêmit.

Les pêcheurs avaient dit vrai. Quels gros yeux il avait ! Des yeux tout ronds et grand ouverts ! Ils n'étaient pas comme ça, ce matin ! Il s'en serait aperçu... Personne ne le lui avait fait remarquer d'ailleurs, ni la maîtresse d'école ni les enfants sur la plage. Peut-être qu'il n'y avait jamais fait attention avant, tout simplement. Peut-être que les autres avaient raison, il était laid, il avait des yeux de calamar.

Il s'effondra sur le plancher et s'endormit.

*

Le lendemain, en quittant sa maison, Manel crut remarquer que la femme-poisson lui souriait. Il ne l'avait jamais vu sourire avant. Ça le rendit heureux et il oublia vite la visite de Xavi et de Marti Lloria. Sur le chemin, il renversa quelques pots sur les terrasses, sonna aux portes et partit en courant, tira la queue du gros chat, jeta un petit caillou ou deux sur les gens qu'il croisait, pour le plaisir. Arrivé devant l'école, il baissa la tête et marmonna en franchissant le portail devant les jolies mamans et les gentils papas. Heureusement, son papillon se tenait encore tranquille. Il bougea toutefois légèrement les ailes quand la maîtresse d'école regarda Manel en grimaçant.

« Tout va bien ? » lui demanda-t-elle, inquiète.

Manel ne répondit pas et fila à sa place. La maîtresse d'école avait l'habitude de le voir taciturne. Il jouait toujours seul et ne se mêlait pas aux autres si ce n'est pour casser un serre-tête ou voler quelques billes. Mais, ce matin-là, il y avait autre chose. Elle le voyait bien, il avait l'air d'avoir changé. Elle ne savait pas trop ce qui lui faisait penser ça. Il n'était pas allé chez le coiffeur ? Non, il avait toujours sa touffe hirsute et mal peignée. Il n'avait pas changé d'habits non plus, toujours son maillot rouge et son débardeur blanc. La dernière sonnerie retentit, tous les élèves étaient arrivés. La maîtresse se préoccupa donc de sa classe et des leçons du jour.

C'est à la récréation que le papillon de Manel se réveilla pour de bon. C'était jeudi. Et le jeudi, Manel tapisse les WC des filles avec du papier toilette mouillé. Tout le monde sait ça, sauf les maîtresses. Il décorait les cuvettes quand il entendit derrière lui :

« Eh, le fou ! Qu'est-ce que tu fais là ? »

Manel, surpris, se retourna brusquement. Ils étaient cinq ou six garçons plus âgés que lui à se tenir devant la porte. Tous le regardaient, écœurés.

« Qu'est-ce qu'il est laid ! Vous avez vu ses yeux ! Ils lui bouffent la moitié de la tête ! » s'exclama le plus grand.

C'était le fils du patron du café qui donnait sur la plage, celui où les vieux allaient acheter des glaces aux enfants chagrinés. Manel sentit son papillon butiner dans tout son corps. Le ventre, bien sûr, mais aussi le dos aussi, les bras et même les jambes. Ses tempes chauffaient, ses cheveux se dressaient sur son crâne. Il aurait voulu arracher les oreilles de ce gaillard qui continuait à l'insulter.

« Regardez ça ! On dirait un chien des rues ! Tu veux nous bouffer, le fou, pas vrai ?, reprit le grand garçon en se frottant les poings. Tu connais ma petite sœur, non ? Si, tu la connais.

Et tu connais sa sœur à lui, et son petit frère à lui aussi, dit-il en désignant les autres. Tu t'en souviens pas ? »

Manel serrait les dents. Il ne pouvait pas s'échapper. Il regretta de ne pas avoir affaire à des mouches. Il aurait su quoi faire : un petit coup sec et hop ! plus d'ailes. Mais eux, ils n'en avaient pas. Il n'aurait jamais pu les faire entrer dans sa boîte en carton de toute façon.

« Ma sœur, elle se rappelle de toi ! Et la sienne aussi ! Ça fait trois fois que tu essayes de la noyer ! Elle a peur de venir au café ! Tu entends ? Elle peut même plus venir boire un sirop chez elle en rentrant de l'école ! Tu trouves que c'est normal ? Hein ? Tu réponds pas ? »

Le grand gaillard s'était approché tout près de Manel, il lui mettait des petits coups sur l'épaule à la fin de ses phrases. Tout d'un coup, il se baissa et lui sauta dessus pour le faire tomber. Manel poussa un cri, mais le fils du patron du café ne parvint pas à l'attraper. Manel lui glissa entre les mains comme un morceau de savon et s'échoua par terre.

« C'est dégueulasse ! Il est tout visqueux ! »

Manel gisait sur le sol en se tenant le ventre. Les garçons l'insultaient, ils lui lançaient des coups de pied sur le nez et dans les côtes, à chaque fois Manel glissait de plusieurs centimètres. Soudain, il fut pris de convulsions. Son corps se raidit, ses bras et ses jambes s'agitèrent violemment par à-coups. Il ouvrait grand la bouche, il cherchait son souffle. Ces brusques saccades lui déformaient le visage, ses yeux s'écarquillaient de plus en plus, on aurait dit qu'ils poussaient pour se déplacer vers ses tempes. Les garçons, effrayés, s'enfuirent dès que la sonnerie marqua la fin de la récréation, laissant là Manel, à l'agonie.

Heureusement, la maîtresse d'école le trouva à temps et parvint à le calmer. Peu à peu, il retrouva son souffle, ses convulsions disparurent, son ventre le laissa tranquille. Il passa le reste de la journée allongé dans le bureau de la directrice à grignoter des petits gâteaux.

Il rentra chez lui sans passer par la plage, humilié et abattu. Il se traîna dans les ruelles sans prendre la peine de plonger ses mains dans la fontaine ni de tirer la queue du chat. Tout près de sa maison, il s'allongea sur la femme-poisson, colla son visage contre le sien et lui caressa la joue. Une fois de plus, la sirène lui sourit.

*

C'est sa grand-mère qui le trouva couché devant la porte. Mme Bruguera se baissa difficilement et l'empoigna comme elle put pour le relever.

« Qu'est-ce qui t'est encore arrivé, mon petit Manel ? Quelqu'un t'a fait du mal ? C'est ces imbéciles de pêcheurs, c'est ça ? Viens, on rentre. Viens t'asseoir avec moi.

– C'est pas les pêcheurs, répondit Manel en reniflant, assis sur le fauteuil de sa grand-mère.

– Tu t'es disputé à la plage ?

– Non.

– Regarde ça ! Ton tee-shirt est tout déchiré. Enlève-le, je vais t'en apporter un autre. »

Mme Bruguera ne savait pas comment consoler Manel. À chaque fois qu'il avait des ennuis, il restait silencieux. Il se tenait le ventre et ne racontait rien. Cette fois, c'était plus grave.

« Tu crois que je suis méchant, toi, Iaia ? lança-t-il tout à coup.

– Mais non, Manel, tu n'es pas méchant. Tu es un peu maladroit, c'est tout. Ça embête les autres, quelquefois...

– Je le fais pas exprès, c'est mon papillon. Quand il bouge trop fort, je sais plus quoi faire pour m'en débarrasser...

– Il bouge souvent, ton papillon ?

– Il bouge tout le temps, Iaia. Il bouge tout le temps... »

Manel se balançait sur le fauteuil, il se tenait la tête et reniflait toujours. Mme Bruguera apporta un petit plateau sur lequel étaient disposés un verre, une carafe d'eau fraîche, un petit bol à glaçons et du sirop d'amande. Manel la regardait faire. Derrière ses petites lunettes, sa mamie plissait les yeux pour ne pas renverser la carafe. Ses mains fatiguées peinaient à remplir correctement le verre. La douceur que recevait le pauvre garçon se trouvait dans les efforts que faisait sa mamie pour lui servir à boire. Il s'en rendit compte et s'apaisa.

« Iaia, je peux te poser une question ?

– Bien sûr, mon petit. Demande-moi ce que tu veux, répondit-elle.

– Tu crois que je suis laid ?

– Manel ! s'indigna-t-elle. Qu'est-ce que tu vas chercher encore ?

– Je te demande si je suis laid ! »

Ce n'était pas la première fois qu'il lui posait cette question. Mme Bruguera s'approcha de lui comme si elle voulait le regarder sous tous les angles. C'est ce qu'elle faisait d'habitude. Elle faisait semblant de l'inspecter et après quelques minutes, elle lui disait qu'elle ne voyait rien d'anormal, qu'il n'était pas plus laid que n'importe quel autre petit garçon, et que pour elle, il était même très beau. Mais, cette fois, Mme Bruguera constata que Manel avait quelque chose en plus des autres petits garçons. Elle faillit renverser la carafe et le bol de glaçons. Quelque chose de bizarre, là, dans son dos... Mais oui ! Manel était bossu ! Tellement bossu que son tee-shirt était prêt à craquer entre ses omoplates. Pire, il était tout voûté, comme si sa tête était en train de rentrer dans son cou. Elle eut un mouvement de recul qui alerta son petit-fils.

« Iaia ? Dis-moi ! Je suis pas beau, c'est ça ?

– Je... Tu sais, je suis vieille, je n'y vois plus grand-chose, moi, répondit-elle mécaniquement. Bois ton sirop, les glaçons sont déjà tout fondus... »

Manel lâcha son verre qui éclata sur le sol et fixa sa grand-mère avec ses gros yeux ronds. Elle était tétanisée. Qu'il était laid ! Comment avait-elle fait pour ne pas s'en apercevoir avant ? Non seulement il était bossu, mais ses yeux énormes et écartés lui donnaient un air stupide. Elle comprenait pourquoi tout le monde le prenait pour un fou. Elle recula et trébucha. Manel regardait la peur déformer le visage de sa mamie.

« Pourquoi tu ne me réponds pas ? » hurla-t-il.

Il sentit le papillon butiner comme il n'avait jamais butiné encore. Et il battait si fort des ailes que c'était intenable. Manel s'enfuit dans sa chambre, ferma la porte à clé et se jeta sur son lit. Il avait mal, atrocement mal au cœur. Mais son dos, ses jambes, et ses bras lui faisaient plus mal encore. Il sentit tout à coup une douleur aiguë sur le haut de son nez, à l'endroit où les garçons l'avaient frappé quand il était par terre. Il avait l'impression que son nez lui rentrait dans le crâne, comme si le fils du patron du café lui appuyait dessus de toutes ses forces pour le faire disparaître. Il avait des vertiges, il se sentait partir, il allait s'évanouir.

Il trouva la force de se lever au bout d'un long moment. Il titubait, il ne savait pas vraiment s'il était éveillé ou s'il était en plein cauchemar. Il s'avança vers le miroir de son armoire et ce qu'il vit le glaça.

Un monstre. C'est un monstre qui se tenait devant lui. Ses yeux étaient plus énormes encore que la veille, ils lui descendaient sur les joues. Et son nez ! Il n'avait plus d'arête, il était tout aplati. Même ses narines avaient disparu. Il ne restait qu'une petite bosse grisâtre au-dessus de sa bouche. Manel suffoquait. Dans son estomac, le papillon semblait lutter pour se frayer un chemin et remonter dans sa gorge. Il leva péniblement les mains pour toucher son visage, mais il n'arriva pas à les lever au-dessus de ses épaules. La douleur dans son dos se fit plus vive encore. Il se tourna légèrement et à travers son débardeur en lambeaux, Manel aperçut une immense bosse pointue. Quelle horreur ! Manel essaya de crier, mais aucun son ne sortit de sa bouche. « Qu'est-ce qui m'arrive ? pensa-t-il. C'est pas possible ! Ce monstre, ce n'est pas moi ! »

Manel serrait les dents, il était prêt à exploser. Il ne savait pas à qui en vouloir. Quand il se sentait mal, il pensait à son père ou aux autres enfants qui se moquaient de lui et dans sa tête, il leur jetait des cailloux jusqu'à ce qu'ils se taisent. Mais là, il n'avait pas envie de se venger. Il se sentait coupable. Il se dirigea vers son lit pour attraper sa boîte en carton. Peut-être que libérer les mouches le délivrerait de cette malédiction ? Il ne leur arracherait plus les ailes, il ne tirerait plus la queue des chats, il ne noierait plus personne si seulement il pouvait redevenir le Manel qu'il était auparavant !

Il ouvrit sa boîte et les mouches qui s'y trouvaient s'agitèrent à peine. Il n'en restait que trois ou quatre vivantes. Il les pria de s'enfuir. Maladroitement, elles filèrent sous l'armoire avec leurs petites pattes. Manel avait toujours mal au dos, il suffoquait encore, son papillon remontait dans son œsophage. Cette bonne action n'avait rien changé. Il regarda un moment sa boîte en carton vide et de rage, il la jeta à l'autre bout de sa chambre.

Puis il décampa. Il quitta sa maison dans la précipitation sans prendre la peine d'avertir sa grand-mère, sans un regard pour la sirène qui lui souriait encore.

Dehors, il faisait nuit. Le village était calme. Manel n'entendait rien qui pouvait l'effrayer et pourtant, il rasait les murs et filait aussi vite que ses jambes le lui permettaient. Il avait tant de mal à avancer, engourdi par l'angoisse ! Il ne parvenait qu'à faire des petits pas, comme si son maillot rouge lui serrait les genoux. Une meute de chats sortis de nulle part lui collait au train en lâchant des miaulements féroces, des grognements sourds de fauves enivrés par la traque. Eux, qui étaient si placides habituellement, suivaient Manel pas à pas dans les rues sombres. Il les remarqua à peine et arriva enfin sur la corniche en passant sous le porche au bas de l'église. Là, il fut pris de stupeur à la vue d'un goéland décollant d'un toit pour rejoindre la plage. Jamais il n'avait craint ces oiseaux de mer, mais jamais il n'avait vu de goéland voler la nuit. L'oiseau se posa à quelques mètres de lui ; voir son bec jaune et vorace fouiller dans le sable le pétrifia. Quel long bec il avait, celui-là ! Il fut bientôt rejoint par des dizaines d'autres, tandis que les chats, eux, se tenaient à l'écart. À l'appel de l'un d'eux, les oiseaux s'envolèrent et une fois regroupés dans le ciel noir, ils dessinèrent des cercles inquiétants au-dessus de Manel. Ils semblaient prêts à fondre sur lui comme sur un banc de sardines.

Manel sortit de sa torpeur et fila vers la plage en boitillant. Là, il bouscula les chaises et les tables des restaurants, il renversa les clients sur la terrasse du café ; on lui criait dessus, on l'insultait, mais il continuait droit devant lui pour échapper aux goélands. Le patron du café, qui avait d'abord pris cette silhouette pour celle d'un ivrogne, reconnut Manel à son maillot rouge. Il le poursuivit et tenta de l'attraper, mais Manel lui glissa des mains. Il ameuta les villageois et tous ceux qui étaient présents se ruèrent sur le pauvre garçon. Dans le ciel, les goélands lançaient des cris rauques tandis que sur la plage les chats volaient les restes des assiettes tombées par terre en attendant le bon moment pour se jeter sur le petit bossu graisseux. Les villageois le saisissaient par le ventre, par les jambes, par les bras... À chaque fois, Manel, sans le vouloir, se dérobait. Il s'efforçait de leur parler, mais ce qui sortait de sa bouche était inaudible. Ce n'était pas des mots, ni même des sons, plutôt des râles.

Écœurés, les villageois abandonnèrent et le regardèrent s'échapper le long de la corniche en direction des récifs du cap de Creus. Après avoir parcouru cinquante mètres, il se retourna péniblement et les vit tous : les hommes, les oiseaux et les chats,

féroces, prêts à le dévorer s'il lui prenait l'envie de faire demi-tour.
Manel parvint enfin à reprendre son souffle et s'éloigna.

*

Il s'épuisait sur la petite route. Il avait de plus en plus de mal à respirer. Il voulait courir, mais c'est à peine s'il arrivait à marcher. Il bifurqua et s'enfonça dans les rochers. L'air de la nuit était plus léger près des récifs. Une légère brise ramenait vers lui l'odeur de l'écume qui s'abattait sur les rives. Manel n'entendait pas le chant de la mer, mais il ressentait le refrain des vagues qui s'avançaient et se retiraient presque aussitôt comme il sentait son papillon s'affoler. Ce refrain lui évoquait la chanson que lui fredonnait la sirène quand il s'allongeait sur elle. Les rochers pointus lui déchiraient les jambes, mais il avançait, tout droit, vers l'eau salée. Il était loin du village à présent, il voyait les lumières des maisons accrochées à la colline. Elles lui rappelaient les guirlandes qui décoraient la place, l'été, durant le bal, où il n'avait jamais dansé. Les autres enfants souriaient, eux, au bal. Les parents les faisaient sauter sur leurs épaules, ils leur payaient un beignet, une glace, un sirop et Manel, lui, regardait ça de loin en se tenant le ventre.

Cette nuit-là, d'où il se trouvait, Manel regardait un village où les lumières n'avaient jamais brillé pour lui.

C'est alors que la douleur dans son dos lui arracha un cri. Cette bosse qui poussait lui écrasait les os. Il tomba, et les joues contre les rochers, il tenta de rouler jusqu'à la mer où le refrain des vagues le rassurait. Il ne sentait plus ses jambes ni ses mains. Il ouvrait grand la bouche, son papillon l'étouffait. Il avait l'impression que son visage se déformait, que son nez, qu'il avait cru voir disparaître, s'allongeait indéfiniment. Manel pensait à tous les enfants qu'il avait pincés, à tous les chats auxquels il avait tiré la queue. Il ne regrettait rien, ce n'était pas tout à fait de sa faute. Pour les mouches, peut-être. Il aurait pu en épargner une ou deux. Oui, pour les mouches, il s'en voulait.

Son corps tout entier faisait des soubresauts. Ses jambes s'abattaient d'un même élan sur les rochers aiguisés comme des couteaux. Et l'écume ruisselait interminablement le long de son nez. Il avait froid, il était nu, ses vêtements s'étaient accrochés aux récifs. Son papillon battait des ailes plus fort que jamais ; il semblait coincé dans sa gorge, il voulait s'échapper, il cherchait une issue.

Les courtes vagues s'abattaient sur Manel et déplaçaient son corps lourd de quelques centimètres à peine. Il se noyait sans trouver la force de se relever. Il gisait là, prisonnier entre deux rochers, à moitié immergé, ne bougeant plus que par de lentes saccades.

C'est alors que deux lumières éclairèrent les récifs.

*

« C'est là ! J'ai vu quelque chose bouger, je te dis !
– Y a rien du tout ! C'est la sangria qui te monte à la tête ! »

C'était la voix des deux pêcheurs qui avaient tapé un soir à la porte de *La Sirena*. Ils avançaient près de la rive dans leur petite barque rouge. Cette nuit, ils n'avaient rien dans leur bourriche, pas un poulpe, pas une dorade à rapporter chez eux. Mais Marti Lloria, le plus expérimenté des deux, avait remarqué quelque chose. Ils jetèrent l'ancre au plus près des rochers et rejoignirent la rive.

« Regarde ! Regarde ça ! dit-il en fixant le rayon de sa lampe sur l'œil monstrueux qui était à leurs pieds. J'en ai jamais vu d'aussi grand ! C'est notre jour de chance !
– Fais attention de pas le blesser ! » s'exclama Xavi.

Les deux pêcheurs s'approchèrent de leur prise inespérée et l'attrapèrent fermement. Ils durent s'y reprendre à plusieurs fois pour la déloger des rochers.

« Bon sang ! Tu as vu la taille de cet espadon ? Il bouge encore ! Qu'est-ce qu'il est venu se perdre ici ?

– Il est venu remplir notre bourriche ! Passe-moi le couteau avant qu'il ne s'échappe ! ordonna Marti Lloria. C'est pas un malin, celui-là, mais il faut faire vite ! »

Encouragé par son complice, Marti Lloria s'apprêtait à enfoncer la lame de son grand couteau sous la gueule de l'espadon assez profondément pour le clouer sur place quand une grosse vague les surprit en s'abattant sur eux.

« Dépêche-toi un peu ! grogna Xavi en s'essuyant le visage. On va finir noyés si ça continue ! »

Marti Lloria réussit à agripper le poisson par le rostre, et brandit à nouveau la lame de son couteau vers l'animal. Mais cette fois, il s'arrêta net. Un morceau de tissu rouge pendait au rostre, entre la grosse main du pêcheur et le front de l'espadon, comme un linge séchant sur une corde raide.

« Xavi, c'est pas le maillot de bain du petit Manel, ce machin-là ? demanda Marti Lloria. Approche un peu la lampe !

– Qu'est-ce que tu racontes ? Ça pourrait être le maillot de n'importe qui... Finissons-en !

– Non, je le reconnais, c'est bien celui du petit Manel. Qu'est-ce qu'il est venu faire par ici, celui-là ?

– Si ça se trouve, c'est l'espadon qui l'a avalé ! Et lui qui nous traitait d'assassins... Ça lui ferait une bonne leçon, tiens !

– Fais un peu attention à ce que tu fais au lieu de dire n'importe quoi ! Éclaire, tu vois pas qu'il essaie de s'enfuir ! »

L'espadon s'agitait. Les deux pêcheurs s'agrippaient à sa queue, à sa tête, à ses ouïes pour éviter de le laisser filer. Marti Lloria serrait son long couteau fermement dans sa main tandis que Xavi s'efforçait d'éclairer leur prise avec sa lampe-torche. Sous le rayon de lumière, Marti Lloria remarqua soudain que le corps du poisson scintillait comme s'il était recouvert de nacres et de perles venues du fond des eaux. Il recula instinctivement. L'idée de répandre du sang sur une chose aussi belle le dégoûta. Il regarda son couteau qui lui parut minable à côté de la majestueuse épée du grand poisson. Sa main laissa glisser sa lame dans les rochers. Il tenait maintenant la tête de l'espadon entre ses doigts, il lui caressait les joues, son regard s'enfonçait dans ses immenses yeux noirs qui ne clignaient jamais. Le pêcheur fut soudain prit d'une envie de pleurer.

« Il avait peut-être raison, le petit Manel, murmura-t-il.

– Qu'est-ce que tu dis ? » s'inquiéta Xavi.

Et, sans lui répondre, Marti Lloria baragouina :

« Je n'ai jamais rien vu d'aussi beau. »

Le poisson eut de nouvelles secousses. Il ouvrait grand la bouche et la refermait aussitôt. Il ne s'étouffait pas, quelque chose le gênait au fond de sa gorge, il voulait le cracher.

« Il faut le tuer ! Tue-le maintenant, Marti ! Je vais chercher une grosse pierre...

– Attends, répondit sèchement Marti Lloria en plongeant l'avant-bras au fond de la gueule de l'espadon. Quelque chose le gêne... »

Il en sortit un objet métallique si gros qu'il avait du mal à tenir dans la paume de sa main.

« Qu'est-ce que c'est que ça ? demanda Xavi en éclairant l'objet.

– Un hameçon. Un hameçon énorme. »

Énorme, oui. Aucun d'eux n'en avait jamais vu de pareil. L'hameçon avait deux grands crochets sinueux rabattus sur sa tige. On aurait dit un horrible papillon de métal. Entre les grosses mains du pêcheur, l'espadon parut enfin apaisé. Marti

Lloria, contempla une dernière fois la bête qu'il avait épargnée et la laissa doucement s'enfoncer dans l'eau noire.

*

Le lendemain matin, sur la plage, tandis que les vieilles femmes assises sur leur banc fredonnent un air de sardane, les enfants sont dans l'eau. C'est dimanche. Personne ne vient les embêter. Une petite fille tout à coup retire son masque et son tuba. Elle cherchait des coquillages, elle est tombée sur un vieux morceau de tissu rouge et déchiré. Elle le ramène sur la plage en le tenant du bout des doigts. Elle fait la grimace.
« Iaia, regarde ce que j'ai trouvé ! »
Mais sa mamie ne regarde pas. Ce qu'elle aperçoit au loin la fige. Comme si toutes ces heures passées à regarder le large, à scruter l'horizon, ne représentaient que l'attente nécessaire au fabuleux spectacle qui enfin paraît devant elle. Un gigantesque espadon jaillit de l'eau en transperçant les airs de son rostre saillant. Il plonge et réapparaît un peu plus loin, en dressant sa voile comme pour rejoindre le ciel. Ses flancs éblouissants étincellent sous le soleil de la baie de Cadaqués. Plus personne n'est assis, ni sur les bancs ni sur les chaises de la terrasse du café. Le patron en renverse son plateau, son fils trébuche sur une table. Les vieillards ôtent leur casquette et la posent contre leur poitrine. Le regard des enfants brille. Les goélands se taisent. La moitié du village est bientôt rassemblée sur la plage, et tous, assommés par la beauté de ce qui se déroule sous leurs yeux, tombent d'un même élan à genoux, et sanglotent au départ de ce poisson fantastique.

La Mise en plis

« Dans les contes de fées, les sorcières portent toujours de ridicules chapeaux et des manteaux noirs, et volent à califourchon sur des balais. Mais ce livre n'est pas un conte de fées. »
Roald Dahl, *Sacrées Sorcières*

S'il est endroit où le monde s'est donné rendez-vous, c'est bien ici, à Noailles. Et ce monde parle fort, s'interpelle, se mélange. Les rues ne sont pas qu'un simple lieu de passage, on y vit. On est installé sur les trottoirs, on discute, on fait commerce, on se débrouille. C'est à Noailles que débarquent réellement les nouveaux arrivants de Marseille. Après avoir accosté sur les quais du port de la Joliette, ils remontent la Canebière et viennent voir dans le quartier ce que la ville peut leur offrir.

On y trouve de tout. Le matin, les rideaux des boutiques s'ouvrent lentement. Les taxiphones, les épiceries exotiques, les bazars, les bistrots se réveillent, et peu à peu, au fur et à mesure que le jour décline, les vendeurs à la sauvette viennent combler les interstices. Entre deux devantures, sur un bout de trottoir, ils dressent là quelques stands improvisés où ils vendent tout ce qui pourrait leur rapporter un peu d'argent. D'autres commerçants se font plus discrets et attendent, appuyés contre une gouttière ou sur la selle d'un scooter, que les habitués viennent d'eux-mêmes et les abordent. Le marché noir et la contrebande n'étalent pas leur marchandise sous le nez du premier venu.

Un matin du mois d'octobre, Awa poussa la porte de son immeuble et s'engagea dans la rue pour se rendre au travail. Comme chaque jour depuis cinq ans, elle traversait le quartier et rejoignait le salon de coiffure de Monsieur Diene.

À l'heure où Awa foulait le pavé de Noailles, les étals de fruits et légumes du marché des Capucins étaient déjà installés. Elle pressa le pas, car elle était en retard.

« Dépêche-toi un peu ! Le colonel est de mauvaise humeur, on l'a déjà entendu gueuler deux ou trois fois ! »

C'était la voix d'Ali, le vieux boucher. Accroupi devant le rideau de l'épicerie voisine, il avait reconnu la jeune femme au bruit de ses talons et s'était relevé pour la saluer. Il lui souriait en faisant tinter un gros trousseau de clés sous son tablier blanc.

« Qu'est-ce que tu fais dehors, Ali ? Tu n'as pas de la viande à découper ? demanda la jeune femme en ralentissant un peu le pas.

– Je dépanne...

– On dirait un gardien de prison avec toutes ces clés ! ajouta-t-elle.

– Il vous rend bien service, le gardien de prison !

– C'est pas faux ! » intervint l'épicier, satisfait de pouvoir enfin ouvrir sa boutique.

Ali n'était pas peu fier de sa collection de passe-partout. Au prix que coûtaient les serruriers à Marseille, il valait mieux venir le voir quand on oubliait ses clés. Et à l'entendre, ça devenait une habitude dans le quartier...

« Ta femme a rendez-vous aujourd'hui, non ? demanda Awa.

– Oui, à 10 heures.

– Tu devrais venir avec elle, tu ressembles à un gros champignon ! » s'exclama-t-elle avant de disparaître dans le fond de la rue.

L'épicier éclata de rire et Ali haussa les sourcils en regagnant sa boucherie. Devant le reflet de la vitrine, il se passa la main dans les cheveux et marmonna :

« Un champignon ! On ne doit pas cueillir les mêmes... »

Et, vexé, il fit passer un sale quart d'heure à un carré de côtelettes.

À quelques mètres du salon, ça sentait encore la viande. Ça étonnait toujours Awa. Le quartier sentait la viande, la viande fraîche, même loin de la boucherie d'Ali.

Elle regarda à travers la porte vitrée. Le colonel était là, il avait effectivement l'air énervé.

Monsieur Diene était un vrai tyran. Les employées du salon l'avaient surnommé le colonel, car du lundi au samedi, il s'enveloppait toujours dans la même veste militaire kaki. Il pensait sûrement que ça lui donnait l'air important. Awa le trouvait ridicule ; les autres coiffeuses du salon n'en riaient même plus. En plus d'être ridicule, le colonel était grossier et autoritaire. Il s'amusait à pincer ses employées, à leur hurler dessus devant les clients et chaque soir, il tentait de leur extorquer toujours plus d'argent. Les clients du salon payaient directement les coiffeuses et à la fin de la journée, le colonel récupérait son dû. S'il ne récupérait pas assez d'argent, il pouvait se montrer violent.

« C'est bon pour vous, ça vous motive ! » répétait-il inlassablement.

Tandis que les petites mains expertes de ses ouvrières s'appliquaient à tresser les cheveux des clientes, toujours plus rapidement, l'horrible Monsieur Diene s'enrichissait sur leur dos.

Les clients ne lui trouvaient aucun intérêt. Ils en oubliaient presque qu'il était derrière eux, assis dans son fauteuil comme un roi gras et somnolent sur son trône, ses gros yeux jaunes plongés dans son journal à guetter les résultats des paris sportifs. Plus personne ne relevait ses hurlements. Au salon, on avait des choses à raconter à sa coiffeuse, mais ce tyran, dans sa veste militaire, n'intéressait personne.

*

Awa prit une grande inspiration et poussa la porte du salon. Son amie Bintou s'affairait déjà dans la remise, elle arrivait toujours la première ; c'est elle qui habitait le plus près.

Bintou n'était pas du genre à se laisser faire, ça énervait le colonel. Alors, dès qu'il la voyait entrer, il l'envoyait dans la remise pour ranger des piles de produits cosmétiques. Il y en avait partout dans la boutique. Du sol au plafond s'empilaient des crèmes de soin, des teintures, des bombes de laque, des shampoings soigneusement disposés devant les mèches et les postiches. Des tresses de toutes les couleurs et de toutes les tailles, prêtes à être fixées sur la tête des clientes, trônaient devant ces pyramides de boîtes, à côté des sèche-cheveux et des fers à lisser. Dès qu'un produit sortait de la pile, le colonel exigeait qu'on le remplace sur-le-champ. Il ordonnait alors à Bintou de réapprovisionner les étagères. Il tenait à conserver de l'ordre dans son bazar. Parfois, la disposition des marchandises gênait sa lecture des résultats sportifs. Les teintures seraient mieux mises en évidence de ce côté-là, les shampoings par ici, les postiches devant l'entrée... Bintou devait réorganiser le salon complètement. Ceci n'avait aucun intérêt particulier, si ce n'est de montrer à toutes et à tous qui était le maître des lieux entre ces murs.

Tout en haut des piles, des têtes de mannequin alignées les unes à la suite des autres arboraient des coiffures extraordinaires. Il y en avait des dizaines dans la vitrine aussi, au-dessus des miroirs... Chacune d'elles avait le visage figé dans une expression vague, presque inquiétante, censée mettre en valeur leur mise en plis factice. Les mains sur les hanches, le colonel les contemplait comme s'il inspectait son régiment. Elles aussi semblaient aux ordres du tyran.

Awa posa son manteau sur la patère et sentit sur son cou la respiration de Monsieur Diene. Elle se retourna brusquement et le vit si près d'elle qu'elle étouffa un petit cri. Ses gros yeux jaunes semblaient prêts à sortir de leurs orbites pour l'espionner d'encore plus près. Il n'était pas 8 heures et déjà, le colonel sentait l'alcool.

« Tu vas te dépêcher un peu ! Y a du travail qui t'attend ! Ton rendez-vous arrive dans une demi-heure. Y a encore des cartons partout !

– Bonjour, monsieur », répondit sèchement Awa en s'écartant de lui.

Et elle se dirigea vers la remise pour aider Bintou. Mais avant qu'elle n'ait pu la rejoindre, un hurlement jaillit dans le salon. Un cri si puissant que le bataillon de mannequins du colonel sembla lui-même terrorisé.

« Bintou ! Qu'est-ce qu'il se passe ? demanda Awa en accourant vers sa collègue.

– Là ! Un rat ! Prends le balai et écrase-le ! Vite ! »

Bintou s'agrippait aux cartons et se cachait le visage. Elle détestait les rats. Voir les petits yeux sournois de ces sales bestioles la rendait hystérique. Awa s'empara du balai et lança des coups dans le vide sous le regard amusé du colonel.

« Il va te manger ! Hi, hi ! Il va te manger, Bintou ! » se moquait-il en s'asseyant confortablement sur son trône pour mieux profiter du spectacle.

Soudain, Awa eut un geste malheureux. En brandissant son balai, elle renversa un bidon bleu dont le couvercle sauta en s'écrasant sur le sol. La pâte jaunâtre et visqueuse du liquide cosmétique se répandit sur le carrelage blanc, et le colonel bondit de son fauteuil en insultant les deux jeunes femmes.

« Imbéciles ! C'est mon nouveau produit ! Vous savez combien ça coûte ? »

Bintou, encore sous le choc, restait prostrée entre les cartons tandis qu'Awa, le balai à la main, inspira un grand coup pour se donner la force de supporter les cris qui déferlaient sur elle.

« Regarde ce que tu as fait ! Tu vas payer pour ça, Awa ! Tu vas payer ! Et toi aussi, Bintou ! Vous allez me rembourser jusqu'au dernier centime ! Qu'est-ce qui m'a pris de vous engager ? Vous avez de la chance d'avoir des clients ce matin, je vous aurais montré, moi, comment on tue les rats ! Nettoyez-moi ça, et toi, arrête de pleurer, idiote ! Tu pleureras ce soir si tu ne m'as pas remboursé ! »

Le colonel sortit en claquant la porte et s'empressa de rejoindre le bistrot d'en face. Il lui fallait un verre pour se calmer les nerfs. Il était capable de tout casser quand il était en colère. Il n'allait tout de même pas perdre son chiffre d'affaires à cause de deux idiotes trouillardes et maladroites !

« Pardon… dit doucement Bintou.
— Pardon de quoi ? Ce n'est pas toi qui cries comme un gros cochon ! »

Bintou sourit et retrouva son calme. Elle attrapa un rouleau de papier, en déchira un long morceau et se pencha pour nettoyer la flaque de liquide jaunâtre. Awa l'arrêta brusquement.

« Attends ! » lui dit-elle en retenant son bras.

Il y avait quelque chose de louche dans l'épaisse boursouflure que la flaque formait à l'angle du mur de la remise. Awa enfila une paire de gants et plongea lentement ses mains dans le produit. Elle en sortit une masse visqueuse. Le liquide dégoulinait grossièrement de ce grumeau et, s'approchant de la lumière des néons, elle s'écria :

« Qu'est-ce que c'est que ça ?
— Baah ! lâcha Bintou, écœurée.
— Je crois que c'est le rat… » ajouta Awa en pinçant les lèvres.

Bintou s'empêcha de hurler et détourna les yeux. Elle avait envie de vomir. Awa se débarrassa rapidement de cette horreur en la jetant à la poubelle. Au fond du panier, le rat était pétrifié, figé par le produit dans une position grotesque. Il n'avait plus l'air vrai. On aurait dit une petite poupée de cire. Une poupée hideuse aux yeux sournois. « Qu'est-ce que c'est que ce truc ? » se demanda Bintou en faisant rouler du bout du pied le bidon bleu renversé sur le sol. Il n'y avait pas d'étiquette, pas d'inscriptions, pas de nom. Seulement un grand triangle rouge.

« Ça a l'air dangereux. Sûrement un produit pour défriser les cheveux... Éloigne-toi de ça, je vais nettoyer. »

Awa essuya la flaque avec précaution. Une odeur âcre lui piquait les narines. Elle utilisa deux rouleaux entiers de papier qu'elle enfouit par poignées dans la poubelle, recouvrant complètement le cadavre du rat. Elle y lança ses gants, fit un nœud rapide autour du sac, et s'empressa de sortir du salon pour le jeter dans la benne à ordures.

Sur le seuil de la porte, Awa croisa une cliente accompagnée par son fils. C'était son premier rendez-vous de la journée.

« Bonjour, madame Atmani, entrez. Installez-vous, j'arrive toute de suite. »

La cliente entra et Awa referma la porte derrière elle, puis se dirigea vers le trottoir d'en face. En s'approchant de la benne, elle croisa le regard vitreux de Monsieur Diene, accoudé au comptoir du café. Il l'épiait d'un air mauvais.

« Qu'est-ce qu'on fait aujourd'hui, madame Atmani ?

– Regardez ça, dit la cliente en ôtant le foulard qui lui cachait la tête. On dirait un vieux mouton !

– Il ne faut pas dire ça ! Si Ali vous entend...

– Ha, ha ! Tu as raison. Il faut que j'aille le voir en sortant d'ici, d'ailleurs. Arrange-moi tout ça, j'ai pas envie qu'il me coupe le cou ! Avec cette odeur de viande qui traîne partout, ça pourrait lui donner des idées ! »

Bintou et Awa riaient tant qu'elles en oublièrent vite le mauvais départ qu'avait pris leur journée avec ce rat immonde. Ahmed, le fils de Mme Atmani, souriait bêtement à côté d'elles en s'enfonçant les doigts dans les narines.

« Alors, qu'est-ce qu'on fait ? redemanda Awa.

– Eh ben ! une mise en plis ! Mais une belle, qu'elle me dure jusqu'au début du ramadan, au moins !

– Rien que ça ! Ça va vous coûter cher ! »

Monsieur Diene était revenu. Sans dire un mot, il s'était assis sur son trône et avait plongé le nez dans les résultats sportifs du jour. Il écoutait les plaisanteries d'Awa et de sa cliente d'une oreille distraite. Le colonel laissait faire ce genre de choses, c'était bon pour le commerce. Tant que les clientes discutaient, c'est qu'elles se sentaient bien et si elles se sentaient bien, il pourrait leur refourguer ses produits cosmétiques. Le nouveau produit qu'il venait de se procurer serait parfait pour Mme Atmani. Il allait lui coller une de ces factures ! Elle allait voir si elle ne tiendrait pas jusqu'au ramadan, sa mise en plis... Mais il faudrait y mettre le prix ! Elle allait y laisser ses économies, la mère Atmani ! « Rigole, rigole en attendant », se disait-il en se frottant les mains.

Awa était si belle quand elle riait. Bien sûr, les autres coiffeuses l'étaient aussi. C'est pour ça qu'il les avait engagées. Ce n'était pas pour leurs compétences en matière de coiffure, n'importe quelle fille savait faire des tresses, d'après le colonel. Le reste, les défrisages et tout le tralala, c'est lui qui leur avait appris ou du moins, c'est ce qu'il racontait au comptoir de son bistrot... Non, s'il les avait choisies, c'était pour leur beauté. Ça lui faisait plaisir de passer la journée sur son trône entouré des plus belles filles de Marseille. Et Awa, c'était le sucre dans le thé. Il la traitait comme les autres, c'est-à-dire très mal ; il la faisait toujours partir la dernière parce que c'était sa préférée.

Toutes les employées étaient arrivées, toutes avaient un client à coiffer et toutes riaient des mêmes blagues. Le fils de Mme Atmani s'amusait dans son coin et n'en finissait pas de torturer son nez. De temps en temps, il faisait pivoter assez fort le fauteuil sur lequel il était assis pour faire un tour sur lui-même et se congratulait en se regardant fièrement dans la glace. Puis, ce qu'il avait commencé avec l'index, il le continuait avec le pouce. Brusquement, Ahmed laissa ses narines en paix et se figea. Il s'enfonça, livide, dans le dossier de son fauteuil. Monsieur Diene, à force de jeter des coups d'œil derrière son journal, remarqua qu'il pâlissait de façon inquiétante.

« Et alors ? Ça va pas, grand ? T'es malade ? Tu vas pas vomir dans mon salon, au moins ? »

Le colonel avait l'air réellement inquiet pour la propreté de sa boutique, mais il réalisa que quoi qu'il puisse arriver, ce n'était pas lui qui nettoierait. Il se leva, lui flanqua une tape dans le dos et sortit fumer une cigarette sur le seuil du salon. On n'allait quand même pas l'obliger à regarder ce petit porcelet vomir partout chez lui. Et puis, il y avait déjà un moment qu'il n'était pas allé boire un verre en face.

Ahmed faisait la moue, il retenait un lourd sanglot au fond de sa gorge.

« Et alors ! Qu'est-ce qui va pas, t'as mal au ventre ? » demanda Mme Atmani.

Le petit garçon, blême, leva péniblement son bras en se cachant les yeux et se mit à brailler en pointant du doigt les mannequins qui entouraient la pièce.

« Qu'il est bête, ce petit ! Il a peur des perruques ! C'est ça ? Tu as peur des perruques, Ahmed ? Elles vont rien te faire du tout... »

Ça l'énervait, Mme Atmani, que son fils pleurniche. Mais Ahmed n'avait pas peur des perruques. Il était terrorisé par les têtes sans corps des mannequins en plastique qui luisaient partout dans le salon. Il ne les avait pas remarquées jusque-là, et maintenant il subissait le regard de ces visages impassibles. Le petit garçon se sentait observé, traqué. De grosses larmes se mirent à couler le long de ses joues.

« Non, madame. C'est ces vilaines têtes qui lui font peur. C'est rien, Ahmed. Viens me voir, viens. »

Awa le serra dans ses bras et lui tendit un bonbon à l'anis. Ahmed retrouva aussitôt des couleurs. Il était tout rouge et quand elle l'embrassa sur la joue, il devint écarlate, ce qui fit sourire toutes les femmes du salon.

« On est content d'être venu, hein, Ahmed ? » s'amusa Mme Atmani.

Le petit garçon retrouva la force de faire tourner son fauteuil et de s'enfoncer les doigts dans le nez jusqu'à la dernière phalange, tandis que sa mère reprit le récit de ses histoires de famille.

*

Le colonel passa sa journée entre son trône et son bistrot. Les clients s'étaient succédé, ils étaient repartis ravis, les bras chargés de produits et le cœur plus léger. Les filles avaient fait du bon travail. Monsieur Diene s'en était mis plein les poches. Surtout grâce à Bintou qui avait dû lui laisser la totalité de sa recette. À 19 heures, il ne restait plus qu'Awa qui nettoyait le salon. Le colonel la regardait faire. Il trouvait qu'elle avait un sacré bon coup de balai.

« Tu me rangeras les crèmes avant de partir ! » lui cria-t-il comme si elle se trouvait à l'autre bout de Marseille.

Awa soupira, alla chercher l'escabeau dans la remise, ouvrit un carton neuf et grimpa en haut des piles.

« Pas comme ça ! Il faut qu'on voie l'étiquette ! »

En fin de journée, le colonel était encore plus insupportable. Awa, en équilibre sur un pied, fit doucement tourner les flacons.

« Tu vois, c'est pas si compliqué », grommela-t-il.

Lentement, le colonel se leva et s'approcha d'Awa. Elle s'appliquait pour ne pas avoir à refaire trois ou quatre fois ce qu'il lui demandait. Il lui avait déjà fait ce coup-là. Elle ne l'entendit pas venir, mais elle poussa un cri quand elle sentit sa main lui pincer le ventre au-dessus de la hanche.

« Ça va pas, non ! Arrêtez ça tout de suite ! Vous allez me faire tomber !

– Oh ! ben alors, on peut plus s'amuser ? Tiens, ça, c'est pour les râleuses ! »

Et Monsieur Diene la pinça encore plus fort en ricanant comme un enfant sadique qui arrache les ailes des papillons.

« Attention, monsieur ! Attention... Arrêtez, ça !

– Et qu'est-ce que tu vas faire, hein ? Qu'est-ce que tu vas faire ? »

Awa attrapa un pot de crème. S'il recommençait, elle le lui lancerait en pleine tête et s'enfuirait jusqu'au commissariat de police qui était à deux pas d'ici. Elle ne craignait rien.

« Allez ! Descends de là, petite lionne. Tu veux pas descendre ? Hi, hi ! Monsieur Diene va te pincer...

– Monsieur ! Vous avez bu... Retournez vous asseoir et laissez-moi finir mon travail maintenant !

– Comment ça, j'ai bu ? s'excita le colonel. Comment ça ? Tu finiras ton travail quand je te le dirai ! Tu dois me rembourser, tu as oublié ? Descends de là ! »

Monsieur Diene s'avança pour la pincer encore une fois. Mais Awa chercha à l'éviter et fit trembler l'escabeau. Déséquilibrée, elle lâcha le pot qu'elle tenait dans la main et chercha désespérément à s'agripper à l'étagère. Le colonel pouffait de rire en la voyant se débattre comme un chat pour ne pas tomber de son perchoir tremblant.

« Tu vas me renverser tous les produits, idiote !
– Je vais tomber, monsieur, je vais tomber ! »

Le colonel riait encore plus fort. Soudain, Awa poussa un cri, l'escabeau se renversa et la coiffeuse bascula.

Elle entendit le bruit sourd que fit la tête du colonel en frappant le carrelage blanc. Un filet de sang s'écoulait déjà de son crâne, et ses deux gros yeux jaunes exorbités regardaient fixement le plafond. Il était raide mort, aplati par son employée.

Awa se releva en piétinant le colonel. À l'autre bout de la pièce, totalement paniquée, elle osait à peine regarder le cadavre du tyran.

« Je l'ai tué ! Je l'ai tué ! » répétait-elle.

Elle s'approcha et de la pointe de sa chaussure, elle lui toucha la joue.

« Il est mort ! Je l'ai écrasé ! »

Elle ne savait pas quoi faire, elle ne parvenait pas à se calmer. Elle avait beau se répéter que c'était un accident, que ce n'était pas sa faute, elle était sûre que la police l'accuserait. Tout le monde savait dans le quartier que le colonel martyrisait ses employées. Les policiers penseraient sûrement à une vengeance. Elle était la dernière, chaque soir, à quitter le salon, ça ne pouvait être qu'elle la meurtrière.

Peu à peu, Awa reprit ses esprits. Elle avait la nausée, mais il fallait agir. Elle ferma le rideau métallique, éteignit les lumières, et dans la pénombre, nettoya le sang qui séchait par terre. Péniblement, elle tira par les pieds le cadavre de Monsieur Diene jusque dans la remise, et le dissimula sous les cartons.

Elle n'osa pas quitter le salon. Elle passa la nuit là, prostrée, sans pouvoir fermer l'œil, sous le regard inquisiteur du régiment de mannequins du colonel.

*

Au petit matin, Bintou la trouva accroupie, la tête enfouie dans les genoux.

« Awa ? Qu'est-ce que tu fais là, par terre ? Qu'est-ce qu'il s'est passé ? » s'inquiéta-t-elle.

Awa avait l'air absent. Les yeux encore humides, elle ne pouvait articuler le moindre mot.

Bintou ne savait même pas si son amie la reconnaissait.

« Awa ! Parle-moi ! C'est le patron ? Qu'est-ce qu'il t'a fait ? Où il est ? Parle-moi, Awa ! Où est le colonel ? »

En entendant ce nom, Awa explosa en sanglots. Elle espérait encore avoir fait un mauvais rêve. Mais tout lui revenait très clairement. Le colonel était mort, elle l'avait écrasé comme on écrase un gros cafard. En essuyant ses larmes, elle indiqua à Bintou l'endroit où il se trouvait et devant le cadavre, elle lui raconta comme elle put ce qu'il s'était passé.

Bintou garda son calme. Monsieur Diene, dans cet état, l'effrayait moins qu'un vieux rat. Elle retroussa ses manches, nettoya une deuxième fois le salon et ferma la porte de la remise à clé.

« Rentre chez toi, lui dit-elle. Je m'occupe de tout. Ne t'inquiète pas et reviens lundi. »

Awa récupéra son manteau et sortit du salon, complètement sonnée. Elle s'engouffra dans le marché des Capucins. Les vendeurs de fruits et légumes s'installaient. Les rayons du soleil rendaient les oranges plus orange, les légumes semblaient sortir de terre dans leur cagette. Ça sentait la menthe et les beignets. Awa passa devant les étals sans s'arrêter, sans répondre aux marchands qui l'interpellaient, sans goûter ce qu'on lui tendait. Elle ne pensait qu'à retrouver son appartement et s'y barricader pendant deux jours.

*

Le lundi matin à 8 heures, Awa fit son retour au salon. Bintou était déjà là. Elle s'affairait près des étagères. En entrant, Awa aperçut le fauteuil vide du colonel et un long frisson lui parcourut le dos.

« Comment tu te sens ? demanda Bintou en l'aidant à enlever son manteau.

– Ça va... Je suis restée enfermée tout le week-end en attendant que la police vienne m'embarquer. Et toi ?

– Je revis ! Je ne me rappelais plus ce que ça faisait de commencer une journée sans se faire engueuler !

– Quand même, Bintou... Il est mort. Tu as prévenu la police ? s'inquiéta Awa.

– Pour qu'on nous mette en prison ? Tu rigoles ! J'ai dit aux filles que je ne savais pas pourquoi il était parti sans fermer la boutique. Tout le monde a trouvé ça très bien. On en a bien profité ! »

Awa n'arrivait pas à se réjouir pour autant. Elle posa les yeux sur la porte de la remise et se sentit envahie par le dégoût. Bintou alluma la radio et la mélodie entraînante d'une chanson exotique se répandit dans le salon. Tout naturellement, elle se mit à danser entre les bacs à shampoing, en fredonnant.

« Il est encore là-dedans ?

– Bien sûr qu'il y est ! répondit Bintou. Tu crois qu'il s'est enfui pour aller au bistrot ? Il n'a pas bougé d'un centimètre. J'ai vérifié ce matin. Il a été bien sage, il est resté tranquille, la tête dans les cartons, avec les rats !

– Bintou ! Ça va faire trois jours qu'il est là ! On peut pas le laisser ici, il va pourrir ! Il faut trouver une solution. Et baisse un peu la musique...

– Profite, un peu ! On se débarrassera de lui plus tard... Tiens, regarde, un client qui arrive ! »

De l'autre côté de la porte, un grand bonhomme blond, les cheveux courts et légèrement ébouriffés, le costume trois pièces impeccable, inspectait la devanture. Il regardait à travers la vitrine, se demandant si le salon était ouvert. Bintou, d'un geste de la main, lui fit signe d'entrer.

« Y a de l'ambiance ici ! dit l'homme en costume.

– Vous n'aimez pas la musique, monsieur ? répondit Bintou, taquine.

– Si, j'adore... »

L'homme laissait traîner ses yeux partout. Il tripotait machinalement la cigarette électronique qu'il portait attachée autour du cou, comme d'autres portent leurs lunettes pour en mastiquer les branches. Cet objet faisait partie de son costume. Il aspirait systématiquement une bouffée de vapeur à la fin de ses phrases. Ce tic, conjugué à ses épis hirsutes, donnait un petit air espiègle à ce colosse qui avait dû baisser la tête en passant la porte d'entrée de la boutique.

« Installez-vous, monsieur, reprit Bintou.

– Oh, non ! Je ne vais pas rester...

– Comment ça ? Il faut bien faire quelque chose pour ces cheveux !

– Vous croyez ? demanda-t-il, en se passant la main sur le crâne face à la glace.

– Ah, oui ! Vous n'êtes pas du quartier, vous ? On ne vous a jamais vu par ici... ajouta-t-elle pour le mettre à l'aise.

– Oh, un peu quand même ! J'habite pas le coin, mais... disons que j'y travaille.

– Ah ! on est un peu voisins alors... Et pour cette coupe, monsieur ?

– Non, vraiment, une autre fois peut-être. »

Le grand bonhomme en costume restait planté au milieu du salon, les bras croisés. De temps à autre, il aspirait des bouffées de vapeur et répandait autour de lui une odeur sucrée.

« Qu'est-ce qu'on peut faire pour vous, alors ? finit par lâcher Awa qui commençait à le trouver louche.

– Pardon. Je ne me suis pas présenté. Ivaldi, inspecteur de police. Je pourrais voir Monsieur Diene ? »

Awa et Bintou sentirent leur ventre se serrer. Les deux amies essayaient de ne rien laisser transparaître, mais elles avaient du mal à dissimuler leur stupéfaction. L'inspecteur, ravi de son petit effet, se montra plus tranchant :

« Alors, il est là, Monsieur Diene ? Il est déjà 8 heures 30. Il est en retard ce matin ? C'est dans ses habitudes ? Mademoiselle, vous l'avez vu aujourd'hui ?

– Je... euh... balbutia Awa.

– Celle-là, le temps qu'elle te réponde, tu peux écailler trois dorades avec une brosse à dents... marmonna-t-il. Vous l'avez vu, oui ou non ?

– Il n'est pas venu depuis samedi, coupa Bintou, on ne sait pas où il est.

– Ah ! Eh bien ! vous n'êtes pas la seule. Figurez-vous qu'il a disparu. Donc, j'enquête... Permettez que j'inspecte ? Merci. »

Pendant que l'inspecteur Ivaldi furetait dans le salon en mégotant électroniquement, Awa lui tourna le dos et se mit à ranger les étagères. Elle ne voulait pas le regarder en face. Bintou, elle, le suivait à la trace et répondait à ses questions.

« Ça doit pas trop vous déranger, je me trompe ? Je me suis laissé dire qu'il n'était pas très commode, le patron. Complètement fada même, de ce que j'en sais. Sa femme, elle n'a pas trop l'air pressée de le revoir, si vous voulez mon avis...

– Quand même, monsieur...

– Inspecteur. Et qu'est-ce qu'il y a derrière cette porte ? demanda-t-il en désignant la remise.

– C'est là qu'on range la marchandise, répondit Bintou sans se troubler.

– La marchandise ? Rien d'illégal au moins ? Je plaisante... Rien d'illégal, hein ?

– Non, monsieur. Rien que des produits...

– Des produits ? coupa l'inspecteur.
– Des produits cosmétiques, précisa Bintou.
– Ah ! Et on peut l'ouvrir, cette porte ?
– C'est que... c'est Monsieur Diene qui a la clé. »

L'inspecteur Ivaldi avait l'air contrarié. Il n'aimait pas trop que les portes restent fermées. Elle n'était pas très épaisse, celle-là. Elle s'ouvrirait peut-être avec un bon coup de pied... Il préféra se raviser pour l'instant.

« Ça fait pas trop mes affaires, tout ça... Je reviendrai. Ça tient toujours pour la coupe ?

– Euh... oui, bien sûr ! répondit Bintou soulagée de le voir sur le départ.

– Bon. Si Monsieur Diene passait par là, appelez le commissariat et prévenez-moi. »

Et l'inspecteur Ivaldi quitta le salon en laissant derrière lui un épais nuage sucré. Awa attendit un court instant, puis se précipita sur Bintou.

« On doit s'en débarrasser, dès ce soir, lui dit-elle, paniquée.

– Tu es folle ? Ils vont surveiller le salon. Il faut attendre encore un peu.

– Combien de temps ?

– Le temps qu'il faudra. »

Elles se mirent d'accord pour attendre trois jours avant de sortir le cadavre du colonel de la remise. Elles mentiraient aux autres filles, elles mentiraient aux clientes, elles mentiraient encore à la police si celle-ci revenait les questionner.

*

Et c'est exactement ce qu'elles firent. Durant deux jours, la bonne humeur régna dans le salon. Sans Monsieur Diene, les filles se sentaient mieux. Elles étaient libres de rire, de danser, de tresser selon leurs envies et celles de leurs clientes. Elles ne se sentaient plus obligées de refourguer les produits de cet escroc de colonel, elles ne se demandaient plus si derrière elles, ses gros yeux jaunes n'étaient pas en train de les surveiller. Le trône du tyran était vide.

« Qu'il reste où il est ! » s'exclamaient-elles, et les clientes acquiesçaient.

« Comptez sur lui, les filles… » pensait Bintou.

Awa, elle, espérait le contraire. Car en même temps que cette bonne humeur, une odeur très désagréable grandissait dans le salon. Parfois, sans prévenir, un relent de puanteur s'installait dans la pièce, près des bacs à shampoing. Awa et Bintou étaient alors prises de bouffées de chaleur. Elles jetaient des coups d'œil autour d'elles en espérant être les seules à l'avoir remarqué. Heureusement, personne n'aurait pensé que cette puanteur venait d'un cadavre enfermé dans la remise. C'était l'odeur de la rue, l'odeur de viande fraîche qui avait tourné. C'était peut-être un coup d'Ali… Le vieux boucher utilisait ses passe-partout pour s'amuser à cacher des carcasses dans tous les immeubles. Avec l'âge, il débloquait, le pauvre…

Il y avait pire que ces relents. Comme l'avait pressenti Bintou, la police avait cerné le quartier. L'inspecteur Ivaldi n'était pas encore revenu, mais il avait placé des officiers dans toutes les boutiques. Depuis le marché des Capucins jusqu'au commissariat de la Canebière, des policiers mal déguisés campaient en attendant de tomber sur un détail suspect. Noailles comptait maintenant un nouveau marchand de légumes qui ne savait pas reconnaître une courge d'un poivron, un nouveau poissonnier incapable d'accommoder une bouillabaisse, une mendiante sans haillons… Seul celui qui s'était installé au comptoir du bistrot où se rendait habituellement Monsieur Diene arrivait à faire illusion. Il assurait sa couverture en buvant l'apéritif dès 9 heures du matin.

Les filles se sentaient espionnées constamment. Le premier soir déjà, en quittant le salon, Bintou avait cru reconnaître le parfum du tabac liquide de l'inspecteur Ivaldi. Il lui semblait que la vapeur sucrée s'était insinuée dans chaque rue qu'elle empruntait pour rentrer chez elle. Mais elle avait vite chassé cette idée de son esprit. Ce n'était pas le moment de délirer. Il fallait rester solide et vigilante. Dès qu'elles en auraient l'occasion, elles se débarrasseraient du mort.

*

Le matin du troisième jour, Awa ne se rendit pas au travail. Elle n'en eut pas la force. Elle s'était épuisée, toute la nuit, à chercher le bon moyen de faire disparaître le cadavre du colonel sans parvenir à trouver une solution. À l'aube, elle avait fini par s'endormir enfin, le ventre noué par l'angoisse, sur un coin de la petite table de sa cuisine. Elle ne se réveilla qu'en tout début d'après-midi, mais là encore, elle refusa de retourner au salon. Il fallait qu'elle trouve comment sortir Monsieur Diene de la remise, comment quitter Noailles sans se faire remarquer. Si elles arrivaient à atteindre la Corniche, elles fileraient jusqu'aux Calanques, Ali leur prêterait sa fourgonnette, elles n'auraient plus qu'à traîner le corps et le jeter aux poissons.

Mais comment quitter le quartier ? Elle avait besoin de réfléchir. Il fallait qu'elle prenne de la hauteur. Elle sortit de chez elle et s'enfonça dans les ruelles. Elle marcha longtemps, traversa les boulevards et rejoignit enfin les escaliers abrupts qui encerclent Notre-Dame de la Garde. Les hautes marches lui coupaient le souffle et l'empêchaient de penser à l'horrible vision qui la hantait depuis deux jours : le visage figé du colonel, ses gros yeux immobiles, ses joues dévorées par les rats.

Il faisait frais, presque froid, mais le ciel, lui, était toujours bleu. Le mistral, qui couche les hommes à terre, arrache les arbres, assèche les terres, découpe les rivages, fait voler les bateaux, poussait loin de la ville les vilains nuages qui pourraient la défigurer. Mais il freinait Awa dans son ascension. Elle aperçut enfin l'immense statue dorée de la Bonne Mère qui trônait, son enfant dans les bras, dans le ciel de Marseille, perchée sur le toit de la basilique. Peut-être qu'elle pourrait lui dire comment faire, elle qui veillait sur tous les Marseillais ?

Awa poursuivit jusqu'au perron, passa devant la crypte, et grimpa sur un petit promontoire circulaire, qui lui donnait à voir Marseille tout entière et même un peu plus loin. Elle aperçut le Vieux-Port, légèrement sur la droite, qui pénétrait fièrement dans la ville. Le mistral faisait sûrement chanter les mâts et les cordages de ses bateaux alignés sagement près des quais de l'antique baie du Lacydon.

Son regard se perdit dans la mer. Elle la voyait avaler l'horizon derrière les îles du Frioul et s'engouffrer au fond des Calanques, à l'autre bout de la Corniche, à l'opposé du port. Elle se rendit bien compte que jamais elle n'arriverait à se débarrasser de Monsieur Diene en empruntant ce chemin. Il fallait qu'elle écoute ce que la mer lui disait : pendant qu'il en était encore temps, elle devait la rejoindre, prendre un bateau, fuir. Elle était libre encore, personne ne savait où elle était. Bintou saurait se débrouiller.

Awa sentit soudain une main se poser sur son épaule. Elle se retourna immédiatement.

« Alors, on se promène ? Avec ce vent qui vous rentre dans les oreilles ? »

La jeune femme essaya de se contenir pour ne pas vaciller. Un instant, elle pensa à sauter du promontoire quand elle reconnut l'homme qui était devant elle. Dans son costume, l'inspecteur Ivaldi lui recrachait à la figure sa fumée écœurante.

« Belle vue, hein ? Mais j'y monte pas trop, moi, quand il y a du mistral en pagaille comme ça. Et puis c'est pénible, avec toutes ces marches ! C'est que j'ai plus 20 ans, moi !

– Ah...

– En vérité, je vous ai un peu suivie ! s'exclama l'inspecteur. Vous ne m'en voulez pas ? Vous marchez vite... Tenez, regardez ! On voit presque votre salon d'ici. Vous ne travaillez pas aujourd'hui ?

– Non...

– C'est pas votre patron qui ira vous le reprocher ! N'est-ce pas ? Je plaisante... »

Awa sentit ses jambes lâcher. Il l'avait suivie jusqu'ici, elle n'avait plus aucune chance de s'échapper. Peut-être même que la police avait déjà fouillé le salon et embarqué Bintou ? Heureusement, l'inspecteur Ivaldi n'était pas venu au pied de Notre-Dame pour l'arrêter.

« Bon. Je vous laisse, on m'attend au commissariat, lança-t-il, laissant la pauvre coiffeuse complètement ahurie. Profitez bien de la vue, c'est agréable de pouvoir se promener tant qu'on le peut. »

L'inspecteur disparut et Awa s'effondra. Qu'est-ce qu'il lui voulait ? L'intimider peut-être ? La faire craquer ? S'assurer qu'elle n'était pas en train de dissimuler des preuves ?

Elle resta là un moment, terrorisée, ne sachant plus quoi faire. Quand elle reprit enfin ses esprits, il faisait nuit. Elle fila vers Noailles pour rejoindre Bintou.

*

« Tu m'as fait peur ! Ça va pas de taper comme ça sur le rideau ! J'ai cru que la police débarquait ! »

Devant le visage décomposé d'Awa, Bintou oublia la frayeur qui lui avait glacé les os. Son amie pleurait, elle était complètement déboussolée.

« Tu es là, Bintou ! lui cria-t-elle en se jetant dans ses bras.

– Oui, je suis là... Calme-toi. Qu'est-ce qu'il se passe ?

– Ils nous suivent, Bintou, dit-elle entre deux sanglots. On est fichues, on ne peut pas sortir d'ici. On ne peut même pas quitter la ville ! »

Bintou se rappela l'odeur qu'elle avait cru sentir jusque devant sa porte. C'était vrai, elles étaient encerclées. Elles ne pouvaient pas s'enfuir sans être rattrapées, ni laisser le salon aux mains de la police qui trouverait le colonel dès qu'elles seraient parties en cavale. Cet Ivaldi était une vraie fouine, sous son air débonnaire. Et ce fumier de colonel, il leur aura gâché la vie même après sa mort... Alors, Bintou se mit à pleurer elle aussi. Pour la première fois, les deux amies s'effondraient en même temps. Elles tombèrent dans les bras l'une de l'autre et laissèrent éclater leur chagrin.

« Il n'y a rien à faire... » s'attrista Bintou.

Elles restèrent ainsi de longues minutes, jusqu'à ce qu'Awa se ressaisisse.

Elle s'essuya les joues, inspira longuement et fixa la porte de la remise.

« Oh, si ! Bintou, s'exclama-t-elle, il y a quelque chose à faire ! On ne va pas le laisser tout gâcher jusqu'au bout. Mets la musique, on va danser ! »

Awa tira le rideau de fer, alors que dans les baffles de la petite chaîne hi-fi éclataient déjà des rythmes syncopés. Les deux filles dansaient, chantaient devant les miroirs, sous le regard stoïque des mannequins emperruqués. Elles se mirent à rire nerveusement, de plus en plus fort, de façon presque incontrôlable. Elles grimpaient sur les bacs à shampoing, lançaient les boîtes de cosmétiques d'un bout à l'autre du salon. Awa faisait tourner le fauteuil du colonel sur lequel Bintou était montée. On aurait dit une petite fille sur un manège. Une petite fille hystérique. Elle bondit brusquement du fauteuil et se rattrapa comme elle put en faisant trembler une étagère.

La tête luisante d'un mannequin lui tomba dans les mains. Bintou se mit alors à danser avec ce cavalier sans corps sous le nez d'Awa, qui se tordait de rire.

« Ouvre la remise, Bintou ! Mon cavalier m'attend ! hurla-t-elle.

– Ah, oui ! Il a bien le droit d'en profiter un peu, lui aussi ! »

Et frénétiquement, Bintou, le mannequin sous le bras, chercha les clés de la remise et s'excita sur le cadenas pour libérer le colonel. La porte s'ouvrit brusquement.

« Devine qui vient te voir... » lança Awa tandis que Bintou libérait le corps du tyran enseveli sous les cartons.

Elles avaient dans les yeux une lueur inquiétante. Une folie désespérée les enivrait, elles s'agitaient autour du cadavre sans se soucier de la puanteur qui leur brûlait les narines.

Bintou approcha la tête du mannequin de Monsieur Diene. Awa lui remuait les joues. Elles jouaient à la poupée en improvisant un dialogue sordide.

« Coucou, c'est moi, l'inspecteur en costume. Ça sent pas le bonbon chez vous !

– Ah, ben ! c'est pas trop tôt ! Les rats commençaient à me manger la jambe !

– Ça vous dérange si je fume ?

– Au point où j'en suis, vous savez... Vous auriez pu prévenir, je ne suis pas présentable. »

Leur visage se déformait, et le sourire qui s'y dessinait était rempli de colère et de haine. Awa fouilla dans sa poche, en sortit un tube de rouge à lèvres et badigeonna la bouche du colonel. Bintou enleva au mannequin sa perruque et l'ajusta sur le crâne du mort. Monsieur Diene avait les traits figés, les lèvres mal peintes, et de longues boucles blondes lui recouvraient les joues. Il était au comble du ridicule.

« Voilà, c'est mieux ! » ajouta Awa, satisfaite.

Elles ne riaient plus du tout maintenant. Elles le punissaient avec fureur.

« Tu veux un peu de crème, hein ? Je vais t'en donner de la crème ! »

Bintou attrapa un tube et lui en appliqua sur les mains.

« Comme ça tes mains seront plus douces quand tu voudras nous pincer ! Ça fait cinquante euros !

– Attends, Bintou ! On va lui refourguer un bon produit à ce gros rat ! Il est où ton bidon bleu ? Celui qui coûte cher ? Ah, le voilà ! Tiens, pour ta mise en plis ! »

Awa déboucha le pot de liquide jaunâtre et le renversa sur le visage du colonel qui se mit aussitôt à reluire sous la lumière du néon de la remise. Comme le vieux rat qui avait effrayé Bintou, Monsieur Diene ressemblait à une hideuse poupée de cire. Cette vision les écœura et fit brusquement retomber leur folie.

Elles regardèrent tour à tour Monsieur Diene, déguisé en poupée, et le mannequin que Bintou avait laissé tomber sur le cadavre. Ils avaient le même teint brillant.

« C'est dégoûtant, fit Bintou, secouée par la nausée. On ne sait plus qui est le mannequin. »

Awa détourna les yeux de ce spectacle immonde, posa la main sur l'épaule de Bintou et lui dit doucement :

« Va chercher la serpillière, on va nettoyer tout ça. »

*

Quand l'inspecteur Ivaldi débarqua dans le salon le lendemain, il le trouva propre, rangé, accueillant. Awa, Bintou, Safi et Diarra s'occupaient de leurs clientes. Dans un coin, sur un siège, Ali, le vieux boucher, attendait son tour. Il s'était enfin décidé à se débarrasser de son champignon. Rien ne pouvait laisser penser que la veille, tout était sens dessus dessous.

« Ça vous ira très bien, ces extensions, assurait Awa à une dame menue qui paraissait encore un peu sceptique.

– Vous croyez ? J'hésite… »

Puis elle se tourna lentement vers le policier qui, planté comme un piquet sur le pas de la porte, attendait qu'on le salue.

« Bonjour, inspecteur. Vous venez enfin vous faire couper les cheveux ? » ironisa-t-elle.

Les autres filles du salon ricanèrent.

« Je viens vous donner des nouvelles de Monsieur Diene.

– Ah ? Vous l'avez retrouvé ? » demanda-t-elle sans rien laisser paraître.

Bintou, mal à l'aise, prétexta le besoin d'aller chercher une teinture dans la remise ; elle espérait que l'inspecteur quitterait le salon au plus vite.

« Pas exactement… Mais on dirait bien que cette affaire n'est plus de mon ressort. C'est un drôle, votre patron, vous savez. Il a des antécédents, comme on dit. Et pas qu'un peu…

– Inspecteur… s'offusqua Awa. Il était un peu rustre, mais ce n'était pas un bandit quand même !

– Figurez-vous qu'il n'en était pas à sa première escroquerie. Il y a cinq ans, il avait une autre affaire, une épicerie, je crois.

– Ah bon ?

– Si je vous le dis ! Du jour au lendemain, il a disparu avec la caisse. Sa femme n'a jamais vu la couleur d'un billet, d'après ce qu'elle raconte. Parce qu'en plus d'être un escroc, c'est un radin, votre patron. Il a des oursins dans les poches. »

Les clientes étaient indignées. Chacune y allait de son commentaire. C'était un gros feignant. Il passait son temps au bistrot. Il exploitait les filles. Qu'il ne revienne pas ! Elles se débrouilleraient mieux sans lui.

« Ne vous inquiétez pas, reprit l'inspecteur Ivaldi. La justice l'a déjà rattrapé une fois. Il a fait six mois de prison, et ça ne lui a pas servi de leçon ! On finira bien par le coincer. Un filou comme lui, ça n'arrête pas ses entourloupades avant d'être aussi riche que le prince de Monaco ! »

Bintou n'en croyait pas ses oreilles. Il y avait à peine quelques heures, elle se voyait passer le reste de sa vie enfermée dans une cellule, et voilà que la police renonçait à l'affaire.

Elle respira un grand coup et sortit de la remise, le sourire aux lèvres :

« Voilà, voilà, s'exclama-t-elle en brandissant une boîte de teinture, blond cendré, c'est ce qu'il vous faut ! C'est très à la mode... »

L'inspecteur Ivaldi tripota sa cigarette électronique en dévisageant Bintou. Quand elle passa devant lui, il la saisit par le bras :

« Vous ne m'aviez pas dit que c'était Monsieur Diene qui avait les clés de votre débarras ? »

Bintou sentit un long frisson lui parcourir le dos, mais avant qu'elle n'ait le temps de dire quoi que ce soit, Ali, qui attendait toujours qu'on s'occupe de lui, répondit à sa place :

« Heureusement qu'on s'entraide entre commerçants, inspecteur. C'est moi qui garde le double des clés du salon. »

Et il fit fièrement tinter son trousseau sur lequel pendait sa collection de passe-partout.

L'inspecteur Ivaldi le considéra, inspira une bouffée, puis s'avança vers la remise. Il poussa la porte et ne vit que des cartons de crèmes et produits soigneusement rangés.

« C'est bien vrai... Rien d'illégal ! » s'esclaffa-t-il.

Il s'approcha ensuite des grands miroirs et fixa son reflet un instant.

« Vous aviez raison, j'ai bien besoin de vos services... On dirait une rascasse avec ces cheveux en l'air ! Ça tient toujours, votre proposition, mademoiselle ? demanda-t-il.

– Bien sûr, répondit Awa. Installez-vous ! »

L'inspecteur alla s'asseoir dans le coin, à la place d'Ali, parti se faire shampouiner.

« C'est qu'on se sent drôlement observé chez vous, dit-il en désignant les mannequins en enfilade qui le surplombaient. J'ai l'impression qu'on va m'interroger !

– Pour une fois que c'est vous ! plaisanta Awa en raccompagnant sa cliente à la porte. Alors, qu'est-ce qu'on fait pour ces cheveux, inspecteur ?

– Faites-moi la même coupe que celle-là, tiens ! » répondit-il en pointant du doigt la tête d'un mannequin isolé, entouré de cartons, près des bacs à shampoing.

« Vous croyez pas que ça m'irait, ces grandes boucles ? » ajouta-t-il sans le moindre sourire. Un long silence pesa sur le salon. Les mains de Bintou se figèrent dans les cheveux de sa cliente. Awa, bouche bée, ne savait plus quoi penser de cet inspecteur qui jouait avec ses nerfs. Elle le regardait ahurie, quand il s'exclama :

« Elle ne voit pas que je plaisante ! Moi, avec des bouclettes ! Sous ce mistral en plus ! Sérieusement ?

– On voit de tout à Marseille, lui répondit le vieux boucher en s'avançant vers le grand miroir, les cheveux ruisselants.

– Ça, c'est pas faux... Allez, zou ! Au carré, la coupe ! À la tondeuse, mademoiselle !

– Comme vous voudrez », répondit Awa en pressant le bouton de la tondeuse électrique.

*

Il ne restait plus qu'Awa dans le salon de coiffure. Ce soir encore, c'est elle qui fermait la boutique. Elle prenait tout son temps. Assise sur le trône du tyran disparu, elle repensait, satisfaite, à chaque détail de cette journée. Elle s'étira, se leva lentement, et s'approcha des bacs à shampoing. Elle se pencha tout près du mannequin isolé. La tête dépassait d'une haute pile de boîtes de crème. Elle était laide, elle avait les yeux jaunes. Awa remit de l'ordre dans ses cheveux bouclés, puis sortit de sa poche son tube de rouge à lèvres et s'appliqua à redonner des couleurs à cette bouche fade. Elle lui pinça les joues avec délectation.

« C'est parfait, vous êtes radieuse, colonel », murmura-t-elle.

Elle lui tourna le dos, éteignit la lumière des néons, sortit et baissa le grand rideau de sa boutique.

« Il faudra que je trouve un autre nom au salon », se dit-elle en traversant Noailles.

La Harga

« Il y a trois sortes d'hommes :
les vivants, les morts et ceux qui vont sur la mer. »

Le vieux Kébir passait le plus clair de son temps les yeux fixés à son télescope. Il ne s'occupait pas tellement des choses du monde. Ce qui l'intéressait, c'était la danse des planètes, la course des comètes, le scintillement des étoiles. Sur sa petite terrasse, il passait la nuit à compiler ses observations dans un grand cahier, s'éclairant seulement à l'aide d'une petite lampe frontale qui lui donnait des airs de cyclope maladroit. Le vieux Kébir revendiquait l'héritage d'une longue tradition d'astronomes débarqués dans sa ville depuis des millénaires. Il était convaincu qu'Annaba, cité ouverte sur la Méditerranée au nord-est de l'Algérie, entourée par les monts d'Edough et les terres fertiles de l'oued de Seybouse, ne serait pas ce qu'elle était si elle n'avait pas reçu la visite des peuples de la mer qui lisaient correctement le ciel. Des Phéniciens aux Arabes en passant par les Carthaginois, les Romains, les Byzantins, tous avaient fait escale, guidés par les astres, dans la baie d'Annaba.

Malheureusement pour lui, peu de gens dans son entourage regardaient encore en l'air, peu de gens partageaient son rêve de percer dans une étoile les mystères du monde. Ses voisins le prenaient pour un vieux fou et ne comprenaient pas pourquoi sa femme, Jamila, s'obstinait à vivre dans la maison d'un illuminé qui passait ses journées à dormir.

Jamila, elle, s'en moquait. Quand la nuit, elle montait sur la terrasse et surprenait Kébir, racontant à leur fils, assis sur ses genoux, les fables des Grecs qui avaient baptisé la moitié du ciel, elle savait qu'elle n'avait pas épousé un fou. Elle s'amusait de voir ses deux cyclopes régler méticuleusement leur lunette astronomique, et tendait l'oreille aux légendes.

Comme il n'y avait pas assez d'étoiles sur terre, Kébir et Jamila avaient donné à leur fils le nom de l'astre du jour. Il l'avait appelé Chamseddine.

*

Chamseddine grandit et les soirées sur la terrasse se firent de plus en plus rares, au grand désespoir de son père. La nuit, il ne cherchait plus à se faufiler pour le rejoindre, il dormait. Et le jour, c'est en face d'un autre soleil que ses rêves se consumaient.

Il nourrissait l'un des immenses fourneaux de l'usine de sidérurgie d'El Hadjar. Il gavait cette bête affamée et vorace huit heures par jour en plongeant dans sa gueule jaune des tonnes de minerai de fer, aussitôt digérées et transformées en acier brûlant. Au bord de ce gosier qui vomissait des langues de feu, Chamseddine, étouffant sous son masque, fronçait les sourcils, serrait les dents, redoublait d'efforts. Tant qu'il la nourrissait, la bête ne le mangerait pas.

Par ses deux cheminées plus hautes que le minaret de la mosquée Abou Merouane, l'usine d'El Hadjar recrachait une épaisse fumée noire qui envahissait le ciel de l'aube jusqu'au soir. Même les jours sans vent, ses relents s'insinuaient dans les ruelles étroites de la médina d'Annaba.

Ce soir-là, alors que Chamseddine rentrait du travail, il entendit son père hurler du haut de sa terrasse :

« On n'y voit rien ! Maudite usine ! Y a de la fumée partout ! Y en a pour des heures avant qu'elle ne disparaisse ! »

Il venait de se réveiller et installait son matériel. En entendant son fils rentrer, Kébir se précipita à l'intérieur de sa maison et tomba nez à nez avec lui.

« Ah ! Chams ! Tu as vu ? Tu as vu un peu ? Le ciel est noir à cause des cheminées de ton usine ! Comment je vais faire pour travailler maintenant, hein ?

– C'est tous les soirs la même chose, Papa. Et ce n'est pas mon usine...

– Eh, oui ! C'est tous les soirs pareil ! Tu ne peux pas en parler à tes patrons ? s'exclama-t-il en brandissant son grand cahier en l'air. Il y aura une éclipse dans quelques jours, j'ai besoin d'y voir clair ! Comment je vais faire, si ça continue comme ça ? Hein, mon fils ? Il faut que tu leur parles. »

Chamseddine le regardait, consterné. C'était grâce à l'argent qu'il ramenait de l'usine que son père pouvait passer son temps le nez dans les étoiles. Et voilà qu'il lui reprochait de faire tourner les hauts-fourneaux... Il esquissa un sourire et posa la main sur l'épaule du vieux Kébir.

« Je leur parlerai, Papa.

– Sans faute, hein ? Il y aura une éclipse dans quelques jours... »

Jamila apparut à l'autre bout de la pièce. Elle s'avança pour embrasser son fils, le regard au plafond, un sourire en coin. Elle savait bien que Chamseddine ne pouvait rien faire pour arrêter cette fumée noire, mais elle savait aussi qu'il était inutile d'expliquer ces choses-là à son mari. Il vivait dans un monde où la ronde lente des planètes avait remplacé l'agitation des hommes, et sa famille veillait à ce qu'il n'en sorte pas.

« Laisse-le tranquille, Kébir ! Tu ne vois pas qu'il est fatigué ? dit-elle en caressant la joue de son fils. Il est encore tout sale. Il a passé la journée dans la fumée, lui ! »

Le vieux Kébir haussa les épaules et se radoucit.

« Va te laver, lui dit-il. Après, nous mangerons ensemble, le temps que le ciel s'éclaircisse.

– Je vais sortir, répondit Chamseddine en se dirigeant vers le couloir. Ne m'attendez pas pour manger.

– Tu sors ! Et avec qui ? demanda malicieusement le vieil homme en envoyant un clin d'œil à sa femme.

– Kébir ! s'indigna Jamila, tu vas le laisser tranquille, oui ! »

Il s'approcha d'elle en plissant les yeux et esquissa des pas de danse aussi gracieusement qu'il le pouvait. Il lui tournait autour, dessinait des cercles avec ses mains et secouait son ventre comme une danseuse au son de l'oud en fredonnant :

« Yamina… Yamina…

– Kébir ! » s'exclama à nouveau Jamila en s'efforçant de ne pas rire. Et le vieil homme disparut sur sa terrasse.

Une fois propre et rhabillé, Chamseddine embrassa sa mère et sortit. Il avait bien rendez-vous avec Yamina. Il partait la rejoindre, avant que le soleil ne soit entièrement couché sur la corniche qui borde la plage Saint-Cloud.

*

C'est lui qui arriva le premier. Il s'assit sur un banc et attendit Yamina en regardant la plage qui devenait violette à cette heure-ci. Des enfants lançaient leur ballon dans les vagues, ils poussaient des cris de joie à chaque fois que la mer le leur rapportait sur un plateau d'écume. Ils recommençaient encore et encore en se persuadant que la mer allait le leur prendre pour de bon, mais elle le leur rendait toujours.

Tout à coup, la silhouette de Yamina passa entre les enfants et leur ballon. Elle avançait, les pieds dans l'eau, ses chaussures à la main. Elle avait la grâce des anciennes déesses que le vieux Kébir ressuscitait dans ses fables. Chamseddine se retint de lui faire signe, c'était trop tôt. Il voulait la voir encore découper le crépuscule comme une ombre chinoise. Elle l'avait dépassé complètement quand il se décida à l'appeler enfin :

« Yamina ! Je suis là ! »

Elle se retourna sans se presser et le rejoignit sur le banc.

« Je ne t'avais pas vu, lui dit-elle. Tu es là depuis longtemps ?

– Non. J'arrive. »

Ils restèrent silencieux un moment ; ils écoutaient les vagues s'effondrer sur elles-mêmes dans le dernier effort de leur courte vie.

« Qu'est-ce que tu as ? demanda Yamina en lui prenant le bras, tu t'es brûlé ?

– C'est ce fourneau, il m'a léché la main… »

Chamseddine avait l'air préoccupé. Les autres soirs, rien ne comptait en dehors de leurs retrouvailles. Ils ne parlaient presque jamais de leur travail, ils profitaient l'un de l'autre comme si rien ne pouvait les atteindre. Mais aujourd'hui, Yamina voyait qu'il était abattu.

« J'en ai assez de faire fondre du fer toute la journée, lâcha-t-il enfin. Il paraît que personne ne sera payé ce mois-ci. C'est trop dur. »

Yamina lui prit la main. Elle voulut lui rappeler les projets qu'ils avaient ensemble. C'est ce qui les faisait tenir, lui dans son usine, elle dans les cafés où elle dansait la nuit. Mais il ne lui en laissa pas le temps.

« On devrait partir, Yamina.

– Partir ? Mais pour aller où ?

– De l'autre côté, répondit Chamseddine en montrant l'horizon du doigt. Sur l'autre rive.

– Et tu crois que les usines sont différentes de l'autre côté, idiot ? Tu crois que quelqu'un t'attend là-bas pour te donner du travail ? Tu crois qu'on te laissera partir ?

– Je n'ai pas besoin qu'on me laisse partir.

– Qu'est-ce que tu veux dire ? s'écria Yamina. Chamseddine ! Qu'est-ce que tu veux dire ?

– Tous les jours, des marchandises quittent cette ville pour rejoindre l'Europe. Même les déchets de l'usine, on les exporte ! Et nous, on nous retient ici… On a moins de valeur que les rebuts des fourneaux !

– Et alors ? Qu'est-ce que tu veux faire ? Regarde-moi ! Tu veux t'embarquer sur une pirogue avec les autres clandestins ?

– Qu'est-ce que je pourrais faire d'autre ? »

Yamina le dévisageait. Elle était folle de rage. Chamseddine, lui, regardait ses pieds comme un enfant honteux de ses bêtises.

« Tu sais ce qu'il va se passer si tu fais ça ? Si tu ne te noies pas, tu seras jeté en prison ! Et tu y resteras des mois et des mois avant qu'on te ramène ici, sur cette plage ! Tu devras tout recommencer, sans travail et sans moi ! Si tu crois que je vais attendre un fou qui s'amuse à risquer sa vie… »

Yamina sanglotait. Elle était si calme habituellement, mais ce qu'elle venait d'entendre la brisait.

« Ne t'énerve pas… Je disais ça comme ça… Je suis fatigué.

– Tu es trop pressé. On est très bien ici. Là, sur ce banc. »

Yamina posa la tête sur l'épaule de Chamseddine. Ils regardèrent ensemble le soleil fondre dans l'eau noire. Il faisait bon, les enfants avaient quitté la plage. Ils n'étaient pas si mal tous les deux, ici, sur ce banc. Yamina avait raison. Il fallait tenir le coup, être patient ; ils auraient tout ce dont ils rêvaient, tôt ou tard.

Les vagues chantaient encore, déposant sur le sable, dans le crépitement de l'écume blanchâtre, leur refrain monotone. En y prêtant l'oreille, Chamseddine réalisa que ce n'était pas sur cette mer, mais sur les terres qui la bordaient que les hommes étaient à la dérive.

*

Le lendemain matin, Chamseddine trouva son père endormi sur la terrasse, la joue écrasée contre son grand cahier encore ouvert. Il éteignit sa lampe frontale, lui secoua le bras pour le réveiller, et le souleva doucement pour l'accompagner jusqu'à son lit.

« Il faudra arrêter vos machines plus tôt la semaine prochaine... plus tôt... On n'aura que quelques minutes pour l'éclipse... » bredouilla le vieux Kébir avant de s'effondrer sur un coussin épais et de ronfler comme un ogre.

Chamseddine partagea un café avec sa mère et quitta la maison pour aller nourrir la bouche de feu d'El Hadjar. Cette journée débutait comme toutes les autres. Elle avait à peine commencé que le jeune homme savait déjà de quelle manière elle prendrait fin. Il rentrerait une heure avant le coucher du soleil, des crampes dans les bras et le dos en compote. Sur le chemin de l'usine, il repensait à ce qu'ils s'étaient promis la veille, avec Yamina. Leur vie allait s'embellir. Il fallait tenir, c'est tout. Il s'accrocha à cet espoir en se disant que cette journée, après tout, serait vite oubliée.

C'était sans compter sur un événement qui chamboula ses prévisions.

Non seulement ses employeurs avaient réuni les ouvriers pour leur annoncer qu'ils ne les paieraient pas ce mois-ci, mais ils en avaient convoqué trois en privé dans leurs bureaux. Tout le monde savait ce que ça voulait dire : ils allaient rentrer chez eux plus tôt.

Alors que chaque ouvrier tremblait près de son poste dans la crainte d'être le prochain à devoir quitter l'usine, Chamseddine, lui, tentait de rester calme. Il laissait sa rage s'éteindre en gavant la bouche brûlante des hauts-fourneaux. Il lui en donnait toujours plus, jusqu'à ce qu'elle en crève.

Soudain, un homme sortit du bureau en criant si fort qu'il en couvrait presque le bruit des machines. Il avait le regard d'un fou et s'agitait comme un désespéré. Il s'approcha dangereusement des langues de feu en menaçant de s'y jeter si on persistait à le renvoyer de l'usine. Les ouvriers interrompirent leur travail et tentèrent de le raisonner tandis que le responsable, ne sachant pas quoi faire de mieux dans son costume cintré, se mit à hurler :

« Reprenez vos postes ! Ou vous le suivrez tous ! »

La plupart des ouvriers baissèrent la tête et se remirent à choyer la bête. Il n'y aurait pas d'émeute, le service de sécurité allait débarquer pour cueillir l'agitateur et le jeter dehors. Sur la balustrade, le pauvre homme blêmit. Il fixait le puits d'acier en fusion et balbutiait à mi-voix des mots inaudibles. Chamseddine, qui ne le quittait pas des yeux, comprit qu'il priait Dieu pour lui donner la force de faire le grand saut. Alors, le fils du vieux Kébir s'élança, saisit le désespéré par le bras et le ramena de l'autre côté de la balustrade. Le responsable vociféra de plus belle. Chamseddine, lui, tentait de rassurer ce pauvre homme qui avait honte, pleurait et implorait son patron à genoux. L'agent de sécurité l'empoigna et manqua de casser son bras maigre en le forçant à quitter l'usine pour de bon. Chamseddine tenta de s'interposer, mais son employeur, rassuré par son service d'ordre, lui lança un regard incendiaire et déclara sèchement :

« Pour toi aussi, c'est la porte. »

Il n'était pas midi encore. Les deux hommes regagnèrent à pied le centre d'Annaba. Ils n'avaient plus de travail.

« Comment tu t'appelles ? demanda Chamseddine.

– Saïd, répondit l'homme, la tête basse.

– Tu travaillais depuis longtemps à l'usine ?

– Depuis bientôt six ans », répondit-il en étouffant un sanglot.

Ils remontaient côte à côte le cours de la Révolution en prenant conscience qu'ils ne s'étaient jamais parlé avant. Ils s'installèrent à la terrasse d'un café. Là, à l'ombre des palmiers et des figuiers centenaires, il leur sembla que ce qu'il venait de se passer n'était qu'un affreux et lointain cauchemar. Tout à coup, un homme au volant d'une grosse voiture rutilante s'arrêta en plein milieu du cours, à leur hauteur. Le bras posé sur le montant de sa portière, il les fixa longuement, les yeux cachés derrière ses lunettes de soleil aux reflets jaunâtres.

« Qu'est-ce qu'il veut, celui-là ? » demanda Chamseddine.

Saïd se retourna et sauta de sa chaise pour s'avancer près de la grosse voiture.

« Amir ! s'exclama Saïd en arborant un sourire un peu forcé, comme si le roi du Maroc se tenait devant lui. Ah ! tu tombes bien. Viens, Amir, viens boire le café. »

L'homme aux lunettes jaunes, sans dire un mot, fit un bref mouvement de tête en direction de Chamseddine. Saïd comprit qu'il se méfiait de son voisin de table.

« Tu peux venir, c'est un ami. On discutait. Tu tombes bien, je voulais te parler, justement. Tu vas sauver ma journée ! »

Saïd se courbait tellement que son petit corps chétif disparaissait presque sous les enjoliveurs chromés de l'imposante berline. Amir, qui s'était suffisamment fait supplier, sortit de sa voiture en se grattant la barbe, sans même prendre la peine de se garer plus loin. Il tira une chaise de la table voisine, s'assit en exigeant un café serré, et n'écouta que d'une oreille les gémissements de Saïd. Avant qu'il n'ait terminé, Amir le coupa sèchement :

« Ce que tu me racontes, je le sais déjà. Je l'entends tous les jours. Tu crois tu es le seul à te retrouver sans travail ? »

Saïd ne trouva rien à redire. Il fondit sur sa chaise. Chamseddine regardait cet homme arrogant en se retenant de lui lancer son verre d'eau à la figure. Il avait vu de si près le désespoir de Saïd qu'il ne comprenait pas qu'on puisse le mépriser. Amir vida son café d'un trait et dit sans même regarder celui qui l'avait invité à s'asseoir :

« Tu sais ce qu'il te reste à faire. Il y a un départ dans cinq jours. Apporte-moi vingt-cinq mille dinars demain, et je te garde une place sur le bateau.

– Vingt-cinq mille ! Mais où tu veux que je les trouve ?

– Parle plus fort, imbécile ! C'est le tarif. Vingt-cinq mille demain et vingt-cinq mille le jour du départ. »

Durant un long moment, on n'entendit que le murmure des conversations sur la place. Saïd, les yeux dans le vague, laissait sa mâchoire tomber comme s'il espérait qu'une idée de génie lui entre par la bouche. Puis Amir se tourna vers Chamseddine.

« Et toi, demanda-t-il, tu veux tenter la harga ? Le prix sera le même. »

La harga. Ce mot résonna dans la tête de Chamseddine comme l'appel lancinant que pousse le muezzin du haut de son minaret. La harga... Brûler ses papiers et partir. Tenter la traversée. Recommencer sa vie loin d'Annaba. Bien sûr qu'il y avait pensé. La harga... Il suffisait de lui offrir son passé et d'embarquer sur l'un de ses bateaux. Elle se moquait des visas, des frontières. Avec un peu de chance, de l'autre côté de la mer, sur sa rive la plus verte, elle ferait la fortune de ceux qui l'ont choisie.

Amir ravivait des désirs que Yamina, la veille, avait su éteindre. Mais Saïd, craignant de voir la dernière place sur la chaloupe lui passer sous le nez, se décida enfin à parler et coupa court aux tergiversations de Chamseddine.

« Moi, je la tente ! s'écria-t-il. Je te donnerai l'argent demain, ici, à 11 heures. »

Amir se dressa sur ses jambes et lui gifla la bouche d'un léger revers de la main gauche :

« Plus fort encore, imbécile », grogna-t-il sans desserrer les dents.

Puis, il lui tendit l'autre main pour conclure l'affaire, et tandis que Saïd avançait la sienne timidement, il ajouta :

« Demain 11 heures, et sans faute ! »

Amir sauta dans sa voiture, fit ronfler le moteur et reposa son coude sur le rebord de la vitre.

Il les dévisagea en rajustant ses lunettes et démarra en trombe.

*

Il était beaucoup trop tôt pour que Chamseddine rentre chez lui. Sa mère lui poserait des questions auxquelles il n'avait envie pas de répondre. Et puis, ce qu'il venait d'entendre le préoccupait trop. Il avait besoin de réfléchir, de prendre l'air loin du centre-ville. Il quitta Saïd et marcha vers le sud d'Annaba, sans parvenir à ôter de son esprit cette histoire de traversée clandestine. Ça n'avait pas l'air si compliqué, mais comment trouver l'argent ?

Au bout d'un moment, l'agitation de la médina était loin derrière lui et Chamseddine s'apaisa. Il traversait maintenant des champs d'oliviers, il entendait des moutons bêler sans qu'aucun berger ne les menace. Son nez se remplissait d'odeurs de fleurs et de romarin frais. Il avait rejoint les ruines de la cité antique, Hippone. La ville romaine était toujours debout. Chamseddine longea ce qu'il restait du forum, passa devant les gradins du théâtre rongés par des siècles sans spectacles, laissa aller sa main sur des colonnes décapitées de leur chapiteau, ses yeux sur les bustes amputés, les mosaïques, les inscriptions latines qu'il ne déchiffrait pas. Au milieu des pavés, des marbres délabrés, choyés par la puissante lumière du jour et la douceur des vallons qui les entouraient, Chamseddine réalisa que les terres de ce pays ne lui étaient prêtées, ainsi qu'aux autres Annabis, que pour quelque temps, quelques siècles tout au plus. Il se demanda alors si dans mille ans, d'autres hommes installés dans sa ville déambuleraient dans les ruines des hauts-fourneaux d'El Hadjar. Est-ce que leur mémoire couvrirait d'or ses vieilles pierres, ses vieux débris ? Est-ce qu'ils salueraient le génie de leurs prédécesseurs, les vivants du XXIe siècle ? Peut-être qu'ils loueraient leur maîtrise du feu, la puissance de leur industrie sans aucune pensée pour les Chamseddine, les Yamina, les Jamila, les Kébir, et tous les pauvres diables obligés de s'enfuir.

Chamseddine leva les yeux et vit, surplombant la cité antique, perchée sur sa colline verdoyante et coquette, la basilique Saint-Augustin. Autre trace tenace d'une civilisation évaporée. Combien étaient-ils à être passés par ici ? Tous ces peuples dont lui avait parlé son père, les Phéniciens, les Carthaginois, les Romains, les Ottomans, ces pirates, ces corsaires, ces marins, ces soldats avaient gravi ces collines eux aussi... Mais pourquoi ?

Il ne trouva pas la réponse à cette question, mais il réalisa que tous avaient osé prendre la mer. Ils avaient osé s'aventurer loin de chez eux, quoi qu'il leur en coûte, sans tenir compte des risques qu'il leur faudrait prendre, appelés par les voix venues des autres rives. Et c'est à cet instant-là qu'il décida de faire comme eux.

*

Lorsqu'il rentra chez lui en fin d'après-midi, personne ne pouvait se douter qu'il avait quitté le travail si tôt aujourd'hui. Son père dormait encore, mais sa mère, elle, était bien réveillée. Dès que Jamila croisa le regard de Chamseddine, elle sut que quelque chose n'allait pas. Elle le laissa s'asseoir, s'installa en face de lui et le regarda silencieusement. Ses grands yeux noirs avaient un éclat doux qui contrastait avec la fermeté de sa posture. Les bras croisés, les coudes appuyés contre la petite table, Jamila attendait. Elle n'avait jamais forcé Chamseddine à parler, mais quand elle plongeait ses yeux dans les siens, immobile comme une statue de marbre, la langue de son fils se déliait sans efforts. C'est de cette façon qu'elle avait su qu'enfant, il se levait la nuit, en cachette, pour aller observer les étoiles avec son père. C'est de cette façon qu'elle avait retrouvé le petit vélo rouillé du voisin quand Chamseddine n'avait pu résister à le lui prendre, qu'elle avait démasqué celui qui coupait ses fleurs pour aller les offrir à Yamina, qu'elle avait su que son fils avait arrêté ses études pour aller suer à l'usine.

C'est comme ça que ce soir-là, elle apprenait que Chamseddine avait perdu son travail et voulait s'embarquer avec d'autres malheureux sur un bateau qui prenait l'eau. Pour le vélo, pour les tulipes, elle n'avait jamais haussé la voix. Pour cet emploi perdu, elle ne s'indigna pas non plus. Mais pour la harga, elle le gifla si fort qu'il tomba de sa chaise.

« Tu sais combien de clandestins sont ramenés par les gardecôtes chaque semaine ? s'écria-t-elle tandis que son fils se relevait, honteux, en se tenant la joue. Tu sais combien de mères pleurent leurs enfants noyés ? Tu n'en sais rien ! Rien du tout. Moi, je les connais les mères et les pères qui vont tous les jours à la morgue demander des nouvelles de leurs enfants !

– Je préfère être mangé par les poissons que de rester ici et nous regarder mourir de faim tous les trois, répondit Chamseddine en se relevant.

– Qu'est-ce que tu racontes ? Tu vas retrouver un travail et...

– Et je le perdrai. »

Jamila se sentait désemparée. C'était comme si son fils l'avait giflée à son tour. Il était aussi déterminé que tous celles et ceux qui, chaque jour, arpentaient la plage en quête d'un aller simple pour l'Europe. Elle n'avait plus d'emprise sur son petit garçon.

« Je vais partir. Je ne vais pas laisser passer cette chance, lui dit-il froidement après un long silence.

– Tu es comme ton père, Chamseddine. Tu préfères regarder ailleurs quand les choses deviennent trop difficiles. Mais lui, au moins, il ne quitte pas sa famille ! »

Et son poing s'abattit sur la table.

Le vieux Kébir apparut dans le fond de la pièce, les yeux ensommeillés. Il s'étira, se gratta le dos et après un long bâillement, s'exclama naïvement :

« Et alors, Chams, tu as réussi à mettre ta mère en colère. En trente-cinq ans, je n'y suis jamais arrivé ! »

Le vieil homme souriait malicieusement derrière sa petite moustache. Mais personne n'avait envie de rire. Jamila trouva un prétexte pour quitter la pièce et Chamseddine se réfugia dans sa chambre sans un mot. Le vieux Kébir, surpris, leva les yeux au ciel et prépara son café noir.

Chamseddine resta enfermé jusqu'au petit matin. Allongé sur son matelas, il rêvait éveillé à sa cavale en Europe. La Sardaigne d'abord, puis la frontière française. Ensuite, le train, de nuit, dans la gare la plus proche où il converserait avec les gens, dans leur langue, assis dans le même wagon. Enfin, à l'aube, Marseille, où il rencontrerait des amis. On lui présenterait du monde, on lui trouverait un travail... Dans un restaurant, pourquoi pas ? On lui prêterait une chambre, le temps qu'il trouve où s'installer. Une chambre modeste avec un lit et un petit bureau sur lequel il écrirait à ses parents pour leur donner des nouvelles et à Yamina pour lui dire que bientôt, elle pourrait le rejoindre.

Il s'endormit très tard avec au bout des lèvres les quelques phrases en français qu'il connaissait déjà. Le matin, il trouva la maison vide. Son père n'était pas sur la terrasse et sa mère était partie.

Sur la petite table du salon, il y avait un paquet pour lui. Il l'ouvrit. Un mot était posé sur une liasse de billets froissés. L'écriture était hésitante : *Prends ta chance, si c'est ce que tu veux.*

Rien de plus. Chamseddine s'imagina que sa mère avait réfléchi pendant la nuit, qu'elle lui faisait confiance, qu'elle n'avait plus peur. Jamila était terrorisée, mais qu'est-ce qu'elle pouvait faire d'autre ? Risquer que son fils aille voler l'argent qu'il n'avait pas pour payer le passeur et croupisse en prison sans avoir pu partir ? Elle fit ce que les parents des autres clandestins avaient fait avant elle : elle confia à la mer son fils et ses économies.

À 11 heures, Chamseddine se rendit sur le cours de la Révolution. À la terrasse du même café que la veille, à l'ombre des figuiers, il donna cinquante mille dinars à Amir, en une seule fois.

« Tu as de la chance, lui dit-il, dissimulant à peine sa grande satisfaction. Saïd est venu me voir avant toi, mais il me reste une place. »

*

Les quatre jours suivants, Chamseddine passa le plus de temps possible auprès de sa famille. Il restait une grande partie de la journée avec sa mère. Il l'aidait pour tout et n'importe quoi, il déjeunait avec elle et ses amies à l'extérieur pour ne pas éveiller les soupçons.

« Qu'est-ce qu'il a grandi ! disaient-elles. Il n'est toujours pas marié ? On peut arranger ça ! »

Elles riaient, et Chamseddine plaisantait avec elles. Il se rendit compte qu'il ne s'était jamais vraiment intéressé à ce que faisait sa mère pendant que son père dormait. Jamila se délectait de ces moments comme s'ils allaient durer toujours. Il n'était plus question de parler de son départ. Personne n'aurait pu deviner le secret qu'ils partageaient, pas même le vieux Kébir.

Quand le soir tombait, Chamseddine rejoignait Yamina sur la plage. Elle non plus ne se doutait de rien. Puis, il rentrait suffisamment tôt pour passer une grande partie de la nuit à regarder le ciel, sur la terrasse, avec son père. Le vieux Kébir était ravi. La même passion les animait tous les deux à nouveau.

Le quatrième soir cependant, il s'étonna du retard de son fils.

« Chams ! hurla-t-il. Chams ! Ils n'ont pas de parole, ces gens qui t'emploient ! Mon fils, tu es là ? Je vais rater l'éclipse s'ils ne font rien ! C'est pour demain... »

Le ciel était encore obscurci par la fumée de l'usine. Kébir pestait, et Chamseddine n'était pas encore rentré pour l'entendre. Le vieil homme s'était levé plus tôt cette après-midi, il avait relu plusieurs fois les notes qu'il avait prises depuis le début du mois, avait briqué la lentille de son télescope jusqu'à ce que disparaisse la plus petite particule de poussière. Il fallait que tout soit parfait pour le lendemain. Ce qui l'excitait plus encore, c'était d'imaginer la tête que ferait Chamseddine quand il découvrirait, emballé dans un torchon de cuisine, un télescope tout neuf, pour lui. Kébir en souriait déjà derrière sa petite moustache. Il comptait accompagner son cadeau de quelque chose de bien plus important. Toutes ses recherches, scrupuleusement annotées et classées semaine après semaine depuis près de quarante ans, il les lui donnerait aussi. Il était vieux maintenant, il fallait bien passer la main.

Mais pour l'instant, toujours pas de Chamseddine en vue. Une heure plus tard, non plus. Le vieux Kébir garderait ce soir son cadeau dans son torchon. Chamseddine était parti voir Yamina danser.

*

Il passa une grande partie de la nuit auprès d'elle et, aux alentours de trois heures du matin, en prenant soin de ne pas la réveiller, il se leva. Il prit le temps de la regarder dormir, il serrait dans sa main une lettre qu'il avait rédigée et dans laquelle il lui expliquait tout. « C'était mieux comme ça », pensait-il. Chamseddine déposa la lettre en évidence et sortit sans faire de bruit.

Il prit la direction de la mer, les poings serrés au fond des poches, et s'efforça tout le long du chemin de chasser les doutes qui l'envahissaient. Il passa devant le banc sur lequel il s'était assis de si nombreuses fois avec Yamina. Sans oser y jeter un œil, il traversa la corniche et poursuivit jusqu'à la plage Rizzi Amor. Là, il retrouva Amir qui donnait des ordres à six ou sept hommes.

« Tu es en retard », lui dit-il en le voyant arriver.

Saïd, à côté de lui, avait la mine décomposée. Le pauvre homme ne quittait pas des yeux les trois pirogues qu'on mettait à la mer.

« Montez dans le camion tous les deux », ajouta Amir sèchement.

Chamseddine, bien que méfiant, s'exécuta, suivi de Saïd qui tremblait si fort maintenant qu'on entendait ses dents claquer. Le camion démarra et prit la route de la pointe nord d'Annaba, là où par les jours de grand vent on pouvait presque entendre les rires des enfants d'Europe, charriés depuis les côtes sardes. Les pirogues encore vides les y rejoindraient.

Ce trajet par la route leur parut interminable. Quand enfin le camion s'arrêta et que le conducteur coupa le moteur, Chamseddine prit conscience qu'il ne pouvait plus reculer. On ouvrit les portières, et Saïd se liquéfia. Sur la plage, ils étaient plus de cinquante à piétiner le sable en guettant l'arrivée des pirogues dans la crique. Des familles entières s'agglutinaient sur la grève. Des nourrissons dans les bras de leurs parents, emmitouflés dans un linge, essayaient de trouver le sommeil en tétant leurs doigts. Des enfants, plus grands, s'accrochaient aux jambes des adultes. Des hommes et des femmes s'isolaient comme ils le pouvaient et serraient dans leurs mains et contre leur cœur la photographie d'un proche qu'ils espéraient revoir. On se taisait, on priait les dents serrées pour éviter d'attirer l'attention.

Quand les trois barques arrivèrent, tout le monde se précipita vers elles. Dans la confusion, Chamseddine aperçut la silhouette avachie de Saïd disparaître, avalée par cette foule anonyme. C'est la dernière image qu'il eut de l'homme qui l'avait mis sur la piste de la harga.

Amir plaça lui-même les gens à bord. Les embarcations se remplissaient. Elles débordaient, on les gavait comme des volailles. L'homme aux lunettes jaunes exigea le silence. Avant de donner le signal du départ, il lança à ces malheureux une dernière recommandation :

« Si l'un d'entre vous me dénonce, déclara-t-il suffisamment fort pour que tous l'entendent, on le retrouvera égorgé dans le port. »

Et les hélices des moteurs se mirent à fendre l'eau noire. Amir sauta dans le camion et disparut. La mer était calme et le temps clair. Chamseddine voyait très nettement les étoiles qu'il avait tant de fois contemplées sur les genoux de son père. Il n'y aurait pas de tempête, ou du moins, pas pendant les premières heures de la traversée. Mais, malgré les faibles remous, les embarcations tanguaient sous le poids des désespérés. Elles avançaient très lentement, il n'y avait qu'un seul passage pour sortir de la baie et les pilotes manœuvraient avec précision pour ne pas déchirer les coques sur les rochers saillants. Les passagers entassés serraient les poings, fermaient les yeux, étouffaient des petits cris. Ils craignaient déjà de ne jamais entrevoir les rives de Sardaigne.

Chamseddine s'efforçait de penser à ces jours prochains où cette traversée ne serait plus qu'un mauvais souvenir. Il avait sur les genoux un enfant qui avait atterri sur lui sans prévenir et l'agrippait par les cheveux. Il se blottit contre lui quand les premières grosses secousses se firent sentir. Les côtes algériennes disparurent complètement et, autour des fugitifs, il n'y avait plus que le roulis de cette mer immense. Chacun à bord savait maintenant qu'aucun retour en arrière n'était possible. Même les garde-côtes ne pouvaient plus faire grand-chose pour arrêter ces convois clandestins. Seul un désastre le pouvait.

Soudain, un cri atroce extirpa violemment Chamseddine de ses chimères. Une trentaine de personnes hurlaient en même temps. L'une des trois embarcations coulait. Peut-être était-ce celle où se trouvait Saïd ? Chamseddine n'en savait rien. Ce qu'il vit, d'où il était, c'était l'hystérie épouvantable qui s'empara d'un seul coup des naufragés. Des hommes en jetaient d'autres par-dessus bord, des femmes s'agrippaient à la coque, des enfants se débattaient dans l'eau pour ne pas disparaître au fond des flots. Ils étaient des dizaines à essayer de nager jusqu'à la pirogue où se trouvait Chamseddine, implorant le pilote pour qu'il ralentisse et ne les abandonne pas. Chacun luttait seul pour rester hors de l'eau, s'appuyant sur la tête des autres s'il le fallait.

Mais le pilote maintint son cap et fit tout ce qu'il put pour prendre de la vitesse. À bord, on regardait les malchanceux mourir en remerciant le ciel d'avoir été placé sur un autre bateau. On restait pétrifié, se refusant à tout mouvement qui pourrait faire chavirer l'arche. La troisième embarcation pourrait sans doute les secourir... Non, elle était loin devant. Il n'y avait rien à faire, à part prier peut-être. Chamseddine regarda autour de lui et vomit d'écœurement devant les visages impassibles des autres passagers de sa propre chaloupe, les yeux vides comme des masques de théâtre antique. Ils s'éloignaient comme des ombres insensibles aux cris sans espoir des victimes de la harga.

Et puis, ce fut le tour de son bateau. Il ralentit, son moteur s'enfonçait doucement dans les vagues. Chacun venait de voir ce qui l'attendait. On se lamenta pour finir en prison, capturés par les garde-côtes, mais vivants. On pleurait dans la nuit. Les gens se mirent à sauter à la mer, à se débattre, pendant que lentement, le bateau coulait. Chamseddine serrait toujours l'enfant entre ses bras quand il sentit l'eau froide et salée recouvrir tout son corps ; il tourna la tête vers le ciel et aperçut la lune, jaune, et encore pleine. Son père devait s'impatienter que l'éclipse commence. Elle s'assombrit, peu à peu. Ses contours devinrent flous et elle finit par disparaître quand Chamseddine ferma les yeux.

*

En plein milieu de la nuit, le vieux Kébir poussa un hurlement qui réveilla la moitié de la rue. Là, dans son téléscope, il se passait une chose incroyable.

« Jamila ! cria-t-il, Jamila ! Monte ! Et Chamseddine qui n'est pas là pour voir ça ! »

Il passait à toute allure de son cahier de notes à son instrument. Il sortit même de son chiffon celui qu'il avait emballé pour son fils. Il voulait s'assurer que ce qu'il voyait n'était pas dû à un dysfonctionnement. Il n'en revenait pas, comment cette chose avait-elle pu lui échapper ? Il avait prévu l'éclipse à la minute près, mais ça ! Cette chose était apparue d'un seul coup ! Impossible…

« Jamila ! »

Des lumières s'allumaient derrière les fenêtres des voisins. Jamila se montra enfin sur la terrasse, enveloppée dans une fine couverture.

« Ne crie donc pas comme ça ! lui dit-elle encore ensommeillée. Tous les voisins sont réveillés, maintenant ! Qu'est-ce qu'il se passe, Kébir ?

– Regarde ! »

Elle plongea son œil dans le télescope, et vit une énorme étoile qui surplombait la lune. Une étoile inconnue, si brillante qu'elle semblait absorber la lumière des autres astres bien pâles à côté d'elle. Kébir frémit, des petites larmes glissaient sur ses joues.

« C'est un nouveau Soleil », murmura-t-il en posant sa main sur l'épaule de sa femme.

Le Cadeau de Méduse

> « Retourne-toi et tiens tes yeux fermés car
> si la Gorgone se montre et si tu la voyais, jamais
> tu ne pourrais t'en retourner là-haut. »
> Dante, *La Divine Comédie*

C'est à la fin des années 1950, à Rome, que je fis la connaissance de Youssef Serbouti. Le musée du Capitole inaugurait alors une formidable exposition réunissant les plus éblouissantes sculptures antiques que je n'avais jamais eu l'occasion de voir jusque-là, malgré mes nombreux voyages en Europe. Ayant encore à l'époque quelques amis influents, je fus invité, en compagnie d'une poignée de chanceux, à la présentation des œuvres, la veille de l'ouverture de l'exposition au grand public.

Les personnalités importantes de la Ville éternelle s'y trouvaient, bien entendu, et j'avais beaucoup de mal à me laisser porter par la beauté et le raffinement de ces pièces d'exception. Entre les marbres immaculés, les porphyres rouges, entre les centaures et les Apollons, des dames aux grands chapeaux et des messieurs aux belles cravates s'extasiaient en poussant des petits cris ridicules : « Oh ! Gianni, quelle grâce dans ce mollet ! », « Ah ! mon Dieu ! On croirait entendre sa lyre chanter ! »

Ils me gâchaient la fête, ils bridaient mon admiration. Je décidai de m'écarter un peu de cette troupe grotesque, en attendant qu'ils se ruent sur les petits gâteaux du buffet que le personnel du musée était en train de mettre en place. Je m'assis donc sur un banc où se trouvait déjà un vieil homme qui me parut moins bavard que les autres. Il contemplait, immobile, un buste de Méduse saisissant, sculpté par Le Bernin. « Celui-là me laissera tranquille », me dis-je. Mais c'est moi qui finis par le déranger.

M. Serbouti avait une allure des plus raffinées. Il portait un costume élégant, mais sobre, des chaussures de cuir italien, une eau de parfum légère, une fine moustache blanche qui lui donnait des airs de gentleman. Bien que déjà très vieux, sa silhouette robuste et sa grande taille lui faisaient paraître quelques années de moins ; il n'avait rien du vieillard avachi. On devinait son aisance financière, mais on ne pouvait toutefois soupçonner l'étendue de ses richesses. À un détail près. Il tenait entre ses mains une sublime canne surmontée d'un énorme pommeau de corail rouge, une pièce rarissime.

Je trouvais la situation amusante. Cet homme, complètement absorbé face au buste de la Gorgone, semblait pétrifié comme les pauvres malheureux qui s'étaient autrefois approchés trop près d'elle et qu'elle avait, d'un seul regard, emprisonnés dans la roche. Et pourtant ! C'était bien Méduse, à cet instant, qui avait le visage recouvert de marbre !

« Cette statue vous plaît ? lui demandai-je alors.

– Celle-là, oui, assez, me répondit-il sans bouger la tête. Mais les autres sont d'une banalité… J'ai l'impression d'avoir déjà vu ces Apollons mille fois ! »

Sa réponse m'étonna beaucoup. Je ne savais plus si j'avais eu raison de fuir les dames aux chapeaux et les messieurs aux cravates. Me retrouver une nouvelle fois devant quelqu'un qui méprisait l'art à ce point ne faisait pas partie de mes plans… Mais avant que je ne cherche un autre banc où m'asseoir, M. Serbouti se tourna vers moi et me tendit la main :

« Youssef Serbouti, je suis marchand. Et vous ?

– Ludovic Barrier, j'enseigne le… »

Je m'arrêtai brutalement de parler. Je fus tout à coup très gêné par une chose qui, chez cet homme, contrastait avec la sobriété de son apparence : son regard. Il avait dans les yeux une force étonnante, on aurait dit deux foyers ardents. S'il ne s'était adressé à moi de façon si polie, j'aurais cru, sans doute, qu'il cherchait à me provoquer.

« J'enseigne le français, ici, à Rome », dis-je enfin sans parvenir à le regarder dans les yeux.

Je fixais le pommeau de sa canne comme si me raccrocher à cet objet pouvait me rendre l'assurance que j'avais perdue. M. Serbouti, qui devait avoir l'habitude de ce genre de réaction, n'y prêta pas d'importance et remarquant que je m'intéressais à sa canne, me demanda :

« Vous aimez le corail, monsieur ?

– Oh ! Je ne suis pas spécialiste, répondis-je, mais il me semble que le pommeau de votre canne est tout à fait exceptionnel.

– Il l'est, en effet. Savez-vous d'où vient le corail rouge, monsieur Barrier ?

– C'est le squelette d'un animal marin, n'est-ce pas ? Ou plutôt, le squelette de plusieurs animaux qui vivent en colonie, je crois.

– C'est possible... dit-il d'un ton évasif qui me surprit beaucoup.

– Que voulez-vous dire ?

– Vous n'expliquez pas d'où il vient, monsieur, mais ce qu'il est. Pourquoi cet animal, qui respire comme vous et moi, ressemble à une algue de pierre ? Pourquoi est-ce qu'on ne trouve le corail rouge qu'en Méditerranée ?

– Ça, je ne saurais pas vous le dire ! »

Ce vieillard m'amusait. Je rentrais donc dans son jeu, en espérant que cette conversation me ferait oublier les gloussements de la troupe que j'avais fuie et que j'entendais encore.

« Si vous le savez, dites-le moi !

– Eh bien ! regardez devant vous, monsieur Barrier, me confia-t-il en pointant sa canne en direction de Méduse. Si nous utilisons cet animal pour fabriquer des bijoux comme celui-ci, c'est grâce à cette femme à la chevelure composée de serpents... »

Youssef Serbouti semblait avoir ce talent qu'ont beaucoup de vieillards : celui de tromper l'ennui en saisissant n'importe quelle occasion pour raconter une histoire fabuleuse. Mais ce qui m'étonnait encore, c'est qu'il conservait tout son sérieux.

« Oui, monsieur Barrier. Le corail rouge est un cadeau de Méduse. C'est même sa dernière œuvre et ce n'est pas la moindre... Figurez-vous qu'elle l'a réalisée *après* avoir été tuée, quand le héros Persée, pour sauver Andromède, posa sa tête tranchée sur un rivage de Libye ! La tête, détachée du corps, avait gardé son pouvoir...

– Monsieur Serbouti, ce sont des fables...

– Des fables ? Peut-être... »

Et le vieil homme se replongea dans la contemplation du buste de la Gorgone. Je regardai Méduse à mon tour et je dois dire qu'à cet instant-là, je trouvai à son visage quelque chose d'irrésistible. J'en vins même à me demander si cette tête inquiétante ne serait pas capable de faire de nouvelles victimes parmi les dames qui gloussaient et les messieurs aux cravates...

« Cette statue est fascinante, c'est vrai, murmurai-je pour moi-même.

– Oh ! Vous savez, j'en ai vu de bien plus belles encore ! répliqua mon voisin qui avait l'ouïe bien fine pour son âge.

– Ah, oui ? Et où ça ?

– Je vous le raconterais avec plaisir, mais vous manqueriez le buffet.

– Allez-y, je vous en prie. Ces gens m'ont coupé l'appétit ! »

Ce vieil homme me raconta donc l'histoire de ces fascinantes sculptures.

*

« En 1889, dit-il après s'être éclairci la voix, j'avais 13 ou 14 ans. Je m'étais fait engager par un photographe, français comme vous, qui accompagnait une expédition archéologique dans mon pays, au Maroc, sur le site célèbre de Volubilis. Les fouilles et les relevés s'avéraient très difficiles. Nous étions obligés de travailler en plein soleil, car, dès la tombée de la nuit, le terrain devenait dangereux. L'armée du sultan et les combattants rebelles se livraient des combats féroces et ce qui n'était pas piétiné par les sabots de leurs chevaux avait de grandes chances de tomber entre les mains des brigands. M. Henri Tissot, le photographe, s'arrachait les cheveux pour réussir ses prises de vue sous une lumière aveuglante. Ses comptes rendus avaient une importance capitale pour le gouvernement français qui justifiait sa présence au Maroc par le soin qu'il portait à ses ruines romaines, espérant, par la même occasion, en rapporter des objets originaux pour compléter les collections du musée du Louvre.

Au bout d'un mois, l'expédition n'avait emballé qu'un ou deux bronzes. M. Tissot avait réalisé en tout et pour tout une trentaine de photographies acceptables, mais qui, selon lui, ne rendait pas compte de la splendeur de la cité en ruine. Moi, je l'écoutais se plaindre en l'aidant comme je le pouvais, de bon cœur, et sans compter les heures que je passais loin de ma famille. Je montais et démontais la chambre photographique, transportais les plaques de verre, les flacons de collodion, veillais sur les soufflets, nettoyais le petit laboratoire qu'il avait installé sur place dans une tente de fortune.

Une après-midi, alors que nous peinions beaucoup à mettre en place le matériel devant une immense mosaïque, un homme qui avait pénétré sur le chantier sans se faire remarquer, nous interpella.

« Salam, entendit-on dans notre dos. Ces Grecs et ces Romains étaient de sacrés pleurnicheurs ! Vous ne trouvez pas ? »

Je compris immédiatement que M. Tissot n'aurait pas besoin que je lui serve d'interprète cette fois. Je me remis donc à briquer nos appareils en me faisant le plus discret possible. Mon photographe enleva son chapeau, essuya la sueur qui dégoulinait de son front et dévisagea cet intrus, ce sans-gêne. Cependant, je fus très surpris qu'il garde son calme à ce point. Lui qui d'ordinaire se mettait en colère pour un détail semblait très impressionné par cet homme vêtu d'un grand burnous blanc, la tête couverte par un épais turban de la même couleur, orné simplement d'un disque de corail rouge ciselé sur le devant.

« Et que voulez-vous dire, monsieur ? demanda-t-il en affichant un air hautain qui ne dissimulait pas complètement son malaise.

– Je dis que ces gens-là aimaient trop le chagrin et les larmes ! Prenez cette mosaïque, qu'est-ce qu'on y voit ? Encore un héros désespéré ! Vous n'êtes pas d'accord, cher monsieur... Monsieur ?

– Henri Tissot, répondit-il sèchement. Vous ne vous êtes pas présenté, il me semble.

– Vous avez raison... Je m'appelle Izîl.

– Eh bien ! poursuivez, monsieur Izîl, je vous prie. »

La curiosité du photographe avait été piquée au vif. Entendre ce grand Berbère, enveloppé dans son burnous, lui faire une leçon de mythologie avait de quoi surprendre ! Et puisque la journée s'annonçait mal, Tissot fit l'erreur de laisser sa curiosité l'emporter sur son travail.

« Regardez cet Hylas entouré par les Nymphes, reprit-il en piétinant la mosaïque, il hurle, il appelle au secours et personne ne l'entend. Même le puissant Héraclès, qui le cherche sur la rive, ne parviendra pas à le sauver. Mais de quoi se plaint-il ! Si de si jolies filles m'invitaient à prendre un bain, je ne crierais pas au secours ! »

Et le grand Berbère s'esclaffa, ce qui amusa beaucoup Tissot.

« Je vois que vous vous intéressez à l'antiquité gréco-romaine, répondit-il. Venez donc partager un thé avec moi. Je ne pourrai rien tirer de cette journée de toute façon.

– Avec joie, Henri.

– Bien ! Youssef, tu rangeras le matériel, ça ira pour aujourd'hui. »

Je ne l'avais jamais vu aussi heureux de trouver enfin quelqu'un avec qui converser. M. Tissot passait la plupart de son temps avec moi, et nos discussions n'allaient pas au-delà des considérations pratiques du travail qu'il me confiait. Ils discutèrent longtemps autour du thé que je leur servais. La façon qu'avait notre invité de me regarder me dérangeait. Il épiait mes faits et gestes sous le nez du photographe qui ne semblait rien remarquer, et je dois dire que je fus soulagé de l'entendre annoncer son départ :

« Je dois rentrer maintenant, dit-il en se levant, les routes ne sont pas sûres ces temps-ci. Vous savez, Henri, il n'y a pas qu'à Volubilis que l'on trouve de belles antiquités. Acceptez de venir chez moi à Taghzout, je vous montrerai des marbres que vous ne verrez sur aucun autre site. Des statues que j'ai d'ailleurs bien du mal à dater... Vous pourriez faire là-bas de bien meilleures photographies qu'ici !

– Je ne peux rien vous promettre, cher ami, tout dépend de l'avancée des fouilles... Mais je vais y penser !

– J'en serais ravi ! Je vous y attendrai, vous y serez comme chez vous. Il fait très bon au bord de la mer. Emmenez Youssef avec vous, nous pourrions avoir besoin de lui. Vous ne regretterez pas votre voyage, je vous le garantis, Henri ! »

Ils échangèrent une chaleureuse poignée de mains, et Izîl quitta la tente.

Il ne fallut pas plus de deux journées de canicule supplémentaires pour convaincre mon photographe. Impossible de travailler plus longtemps à Volubilis. Le surlendemain, nous nous mîmes en route pour rejoindre Taghzout.

*

Nous ne pouvions traverser seuls les montagnes du Rif sans risquer de voir notre matériel tomber entre les mains des brigands. Nous décidâmes de nous mêler à une caravane qui rejoignait Fez depuis Meknès, en empruntant la route la plus sûre. Mais le trajet fut long et pénible. Chaque soir, nous craignions pour nos vies. Le voyage dura près de deux semaines, à quoi il fallut ajouter dix jours de plus pour rallier Taghzout.

Heureusement pour nous, en arrivant dans ce petit port, il ne fut pas difficile de trouver la maison d'Izîl. Je ne sais pas par quel moyen il apprit la date de notre arrivée. Toujours est-il qu'en entrant dans le village, nous tombâmes nez à nez avec lui. Il avait l'air de nous attendre, les bras croisés.

« Henri ! Salam ! Je suis bien content de vous voir chez moi… Vous avez fait bonne route ?

– Pas vraiment, répondit-il, mais enfin nous sommes là.

– Youssef est là lui aussi, bien, très bien ! Venez donc vous rafraîchir, je vous montrerai mes statues un peu plus tard. »

À peine étions-nous entrés chez Izîl que Tissot s'extasia devant la richesse de son ameublement. Mais ce qui attira son attention surtout, c'était une immense vitrine dans laquelle étaient exposés des bijoux en corail rouge éblouissants. Le disque qui ornait le turban de notre hôte, et qui avait tant impressionné Tissot à Volubilis, paraissait ridicule en face de ces dizaines de parures d'un éclat inouï.

« Vous aimez le corail, monsieur ? demanda-t-il.

– Ces pièces sont exceptionnelles... répondit mon photographe complètement abasourdi.

– Oui, c'est vrai, répondit Izîl. La mer nous offre bien des richesses. Elle sait se montrer généreuse par ici, vous savez... si on la respecte. Je ne suis pas comme ces coralleurs qui la défigurent en détruisant ses fonds. Non ! Moi, je pêche l'or rouge comme vos Grecs : je plonge, je nage et je prends le peu dont j'ai besoin. Enfin, je plonge... Je plongeais ! Je suis trop vieux maintenant, d'autres le font pour moi...

– Le peu dont vous avez besoin me paraît énorme ! s'exclama Tissot qui ne pouvait détacher les yeux des parures.

– Oh... Ce n'est là qu'une petite partie de mon stock. Je vous montrerai le reste tout à l'heure, dans ma boutique. Venez donc boire quelque chose. »

Nous nous assîmes enfin sur les coussins de son salon. Leurs histoires d'or rouge ne m'intéressaient pas du tout. Tout l'or que je voyais, c'était le miel qui dégoulinait de l'appétissant plateau de pâtisseries que j'avais devant moi.

« Sers-toi, Youssef, me dit Izîl. Il faut manger ! »

Il s'avança vers moi et me pinça les bras.

« Vous le nourrissez au moins ? Il est bien maigre, votre assistant ! s'exclama-t-il en pouffant de rire. Mange, Youssef, mange. »

Je ne me fis pas prier. Henri Tissot vida d'un trait son thé brûlant, tant il était pressé de quitter cette belle maison pour pousser les portes de la boutique d'Izîl qu'il s'imaginait aussi bien fournie que la caverne d'Ali Baba.

*

À peine était-il entré dans la boutique que Tissot fut saisi par la richesse des marchandises. Des vitrines comme celle qu'il avait chez lui, il y en avait cinq ou six ici et toutes renfermaient des bijoux d'une finesse incroyable. L'éclat du corail luisait à travers la pièce. Bagues, parures, broches, couronnes rivalisaient de beauté. L'or ou l'argent massif sur lequel était monté le corail ne semblait être utilisé que pour le sublimer. Tissot restait sans voix, mais brusquement, il s'arracha à la contemplation de ces merveilles, et revint à ce qui l'avait conduit là :

« Où sont les statues ? demanda-t-il vivement.

– Elles sont à côté, dans la remise. Suivez-moi. »

Izîl poussa une petite porte en bois et dévoila sa collection.

« C'est absolument impossible ! s'écria le photographe. Aucun archéologue n'a jamais recensé de statues pareilles !

– Et pourtant, elles sont devant vous... Vous voyez, Henri, toujours ce goût pour le chagrin et les larmes ! »

Izîl avait raison, chaque sculpture avait sur le visage la marque de l'angoisse et du désespoir.

« D'où viennent-elles ? s'excitait Tissot. De quel site ? Sont-elles grecques ? Non, ce sont sûrement des copies romaines...

– Je vous ai dit d'où elles venaient. C'est la mer qui nous donne tous ces trésors. Elles ont été repêchées dans la baie de Taghzout, à deux pas d'ici. Quant à savoir leur âge, vous m'en demandez trop.

– Youssef, déballe immédiatement le matériel ! Vous permettez ? Installe la chambre noire ici, il y a de la place ! C'est inouï... »

Il s'approcha de l'une d'elles pour s'assurer que ce qu'il avait devant lui était bien réel.

« C'est bien du marbre, aussi clair que le marbre de Carrare ou de Paros... C'est incroyable ! Incroyable ! Vous vous rendez compte de ce que ça veut dire ?

– Vous voyez, vous ne regretterez pas votre voyage ! Nous trouverons un arrangement pour que vous en rameniez une ou deux à Paris, j'en suis sûr. »

Henri Tissot était intenable. Il marmonnait tout seul et trépignait d'impatience pendant que je m'appliquais à mettre en place nos appareils de prise de vue et nos produits de développement. Il répétait qu'il venait de faire la découverte du siècle. Croyez-moi si vous voulez, mais il n'avait pas tort. Ces statues-là, personne n'en a jamais découvert d'autres, et ce n'est pas ici, au musée du Capitole, que vous en apercevrez le moindre fragment.

Le réalisme avec lequel elles avaient été sculptées était déroutant. On croyait voir le sang battre dans les veines gonflées de ces groupes d'hommes, de femmes et d'enfants. La finesse de leur chevelure, le drapé de leurs habits avaient été exécutés avec un art unique, elles sortaient toutes sans aucun doute de l'atelier du même sculpteur, et leur état de conservation était admirable pour des statues qui avaient passé tant de siècles sous l'eau.

« Je les ai à peine nettoyées, vous savez... » ajouta Izîl.

Ce qui subjuguait Tissot surtout, c'est qu'elles ne correspondaient pas du tout aux canons antiques. Mon photographe était complètement dérouté. Il n'avait jamais rencontré d'ensemble avec des postures si étonnantes. Certaines étaient allongées, sur le ventre, d'autres s'étiraient à la verticale, comme si elles rampaient vers le soleil. Un grand nombre d'entre elles se cachaient les yeux ou se protégeaient le visage. Il était évident que le sculpteur traduisait dans ses œuvres une immense terreur qui, à voir ces corps crispés dans le marbre, était causée par une chose qui devait provenir du fin fond des Enfers.

Il y avait plus encore : peu de visages parmi ceux qu'il avait devant les yeux, n'avaient les traits physiques des Hercules, des Césars, des Discoboles.

« Ce sont sûrement des esclaves, toutes ces statues ont le même bracelet à la cheville, dit-il en se penchant au pied de l'une d'elles.

– Je ne crois pas que ce soit un bracelet, regardez mieux.

– Vous avez raison. C'est un petit serpent...

– La signature de l'artiste, sans doute, répondit Izîl.

– Il faut absolument que je ramène une de ces pièces à Paris pour la faire expertiser ! s'exclama Tissot en se redressant. Ces sculptures contiennent beaucoup trop d'énigmes pour ne pas être vues par les meilleurs experts. Votre prix sera le mien !

– Oh, Henri ! Qui vous parle d'argent ? Voici ce que nous allons faire : vous prendrez le temps qu'il vous faut pour faire vos relevés et vos photographies, vous choisirez celle qui plaira le plus à vos experts et nous la ferons emballer. En échange, vous me permettez d'utiliser Youssef. J'ai besoin de lui pour pêcher le corail qui manque à mes commandes. Il sait nager, n'est-ce pas ? »

Henri Tissot me regarda d'un air suppliant. Je fis oui de la tête.

« Bien ! s'exclama Izîl. Vous êtes mes invités, vous logerez chez moi pendant votre séjour. Allons manger, Youssef doit prendre des forces ! »

*

Je n'étais pas trop rassuré à l'idée de travailler pour Izîl, j'avais toujours beaucoup de mal à lui faire confiance. Quelque chose chez lui me gênait, et plus encore depuis que nous étions à Taghzout. Mais, je dois bien avouer que je préférais cent fois plonger dans l'eau fraîche que de monter et de démonter la chambre photographique.

Le lendemain, nous nous rendîmes, Izîl et moi, dans une petite crique tout près de sa maison et du port. Là, sans ménagement, il m'ordonna :

« Attache cette pierre à ta cheville. Nous verrons combien de temps tu peux tenir sous l'eau. »

Je pris peur, et Izîl s'en aperçut. J'étais convaincu qu'il cherchait à me noyer! Je ne bougeai pas, refusant de prendre la corde qu'il me tendait, au bout de laquelle était ligotée une pierre grosse comme ma tête!

« Allons, Youssef... Fais-moi confiance, me dit-il avec une telle fermeté dans le regard que je m'exécutai. Tu n'auras qu'à la détacher quand tu toucheras le fond. »

Au bord d'un rocher qui surplombait l'eau claire, je m'élançai, la peur au ventre, tenant la pierre entre mes mains tremblantes. À mon premier plongeon, je compris l'intérêt de ce lest. Je rejoignis le fond en quelques secondes. Mais pris de panique, je remontai presque aussitôt après m'être débarrassé de la pierre. Izîl, me voyant remonter si vite, m'encouragea à recommencer en me tendant une autre corde. Je refis donc un essai et réussis à rester plus longtemps immergé. Au bout de quatre ou cinq plongeons, il parut très satisfait.

« C'est très bien, Youssef! Repose-toi, maintenant. »

Et à la place d'une nouvelle corde, c'est un petit panier rempli de gâteaux qu'il me tendit.

Nous discutâmes deux bonnes heures en dorant au soleil sur les rochers brûlants. Izîl me raconta tout ce qu'il savait de la pêche du corail. Il m'expliqua ensuite qu'à une quinzaine de mètres environ sous la mer, se trouvait une petite cavité dont les parois étaient embellies par une grande quantité d'or rouge. Je n'aurais qu'à m'y faufiler pour en ramasser un peu.

Rassuré et reposé, j'acceptai sa proposition. Nous marchâmes donc quelques mètres seulement pendant lesquels Izîl s'efforça de me réexpliquer toutes les étapes de mon prochain plongeon. Je l'écoutai attentivement, car il ne fallait pas que je gaspille d'oxygène inutilement. J'attachai enfin la corde à ma cheville et l'entendis me donner une dernière recommandation:

« Surtout, n'en prélève pas trop, Youssef, quelques brins feront l'affaire. »

Je sautai à nouveau, touchai le fond rapidement, me séparai de la pierre et me dirigeai vers l'endroit qu'il m'avait indiqué. Après quelques brasses à peine, je trouvai la cavité. La lumière du soleil se diffusait à travers l'eau si claire que le corail écarlate m'apparut immédiatement. Je n'eus qu'à tendre la main et décrocher quelques brins que je rangeai dans mon petit filet. En moins de deux minutes, l'affaire était faite. Je remontai et remis à Izîl mon filet. Il scruta avidement les branches de corail ramifiées, en se frottant les mains.

« Bravo, Youssef ! me dit-il chaleureusement. La taille est parfaite ! Tu ne dois pas viser plus gros. Rentrons, maintenant.

– Vous êtes sûr ? répondis-je un peu déçu. Je peux encore faire un ou deux plongeons !

– Non, c'est fini pour aujourd'hui ! Tu as très bien travaillé. »

Nous reprîmes le chemin de sa maison, en longeant le port. Je n'avais plus peur de lui, et j'étais fier de moi. Mais je ne comprenais pas pourquoi Izîl ne pêchait pas son corail lui-même. Ce travail me paraissait si facile ! Ce séjour à Taghzout m'apparaissait comme les premières vacances dont je pouvais profiter depuis que j'étais en âge de gagner ma vie.

En fin d'après-midi, Tissot revint de la boutique et nous trouva tous les deux affalés dans les coussins à nous empiffrer de gâteaux au miel. Izîl tint absolument à lui montrer notre butin. Il déballa les coraux de leur étoffe et les mit sous le nez du photographe, exténué par sa journée de prises de vue.

« Il y en a pour une petite fortune ! » ajouta-t-il.

Aussitôt, le visage de Tissot s'illumina. Moi, naïvement, je pensai qu'il était impressionné par ma réussite, mais en réalité, il était totalement hypnotisé par les branches de corail écarlate qu'il osait à peine toucher. Il parut triste et déçu quand Izîl remballa brutalement sa marchandise et s'empressa de la ranger dans le tiroir d'un petit secrétaire en bois.

« Et vous, êtes-vous satisfait de votre journée, Henri ?
– Pardon ? Ma journée ? Oui, oui. Très bonne, très bonne ! »

Il eut un petit hochement de tête, comme pour chasser une pensée trop envahissante de son esprit. Puis il se lança dans une description sans fin de ses travaux et de ses hypothèses sur la datation des statues. Ils discutèrent passionnément de longues heures durant, pendant que moi, repu et las, je m'endormis sur ces coussins moelleux.

*

Un bruit me réveilla au milieu de la nuit. Un petit cri étouffé. Je me levai en sursaut et vis Tissot, une main devant la bouche, une bougie allumée dans l'autre. Il sautillait sur une jambe.

« Ce n'est rien, Youssef, murmura-t-il. Je viens de me cogner le pied contre le secrétaire. Rendors-toi. »

Il prit la peine de me raccompagner jusqu'à la chambre où j'aurais dû m'endormir et m'aida même à m'allonger comme si j'étais malade. Ce comportement était très inhabituel de sa part, mais il portait plus de soin encore à ce que nous fassions le moins de bruit possible. Lorsqu'il referma la porte de ma chambre, j'aperçus dans ses yeux, à la lumière de la bougie, la lueur de l'or rouge. Peut-être que le sommeil me joua des tours cette nuit-là, mais ce dont je suis sûr, c'est qu'en quittant le salon, le tiroir du secrétaire était grand ouvert.

Les jours suivants, Izîl me réveilla tôt pour pêcher. Systématiquement, avant que nous commencions, il me faisait la même recommandation :

« N'oublie pas, Youssef, ne prélève pas de trop grosses branches. »

Je remplissais mon panier en m'amusant et Izîl s'enrichissait. Chacun y trouvait son compte. Chaque jour, je ramenais plus de corail, en veillant bien à ne pas arracher à la mer de trop gros morceaux. Dès le début de l'après-midi, je m'allongeais dans le salon et dévorais des pâtisseries. Plus nous étions satisfaits, plus Henri Tissot semblait maussade. Il parlait des sculptures avec moins d'entrain. Il semblait de plus en plus renfermé. Il le cachait, mais je devinais qu'il ne supportait plus d'entendre Izîl lui vanter mes qualités de plongeur et les quantités d'argent que représentait ce que j'allais cueillir au fond de l'eau claire, aussi facilement que si je décrochais une figue mûre de son arbre.

Le cinquième soir, avant d'aller me coucher, je croisai le photographe, immobile, devant la vitrine de bijoux.

« Vous vous sentez bien ? » demandai-je, réellement inquiet par sa mine déconfite.

Mais il ne me répondit pas, et dans la faible clarté du soir, je vis une nouvelle fois ses yeux rouges qui promenaient leur regard d'une parure à l'autre, étincelants de convoitise. Ses lèvres remuaient seules, et en tendant l'oreille, je l'entendis marmonner :

« C'est une fortune... Une vraie fortune... »

Je le laissai là, convaincu que la chaleur du Rif était en train de lui faire perdre l'esprit.

Mais dès l'aube, je le croisai dans le salon, fringant, de bonne humeur, avec une détermination dans la voix qu'il n'avait jamais laissé paraître depuis notre arrivée.

« Je te remplace aujourd'hui, Youssef. J'ai besoin d'exercice, j'irai plonger à ta place. »

Izîl, étrangement, ne parut pas très surpris. Quant à moi, je n'en croyais pas mes oreilles. Nous étions là pour ses antiquités, et voilà qu'il les abandonnait pour aller jouer les pêcheurs. Je me rendis compte alors que ce n'était pas la chaleur qui lui faisait perdre la tête.

« Vous êtes bien sûr de vous, Henri ? s'enquit notre hôte.
– Tout à fait sûr. Partons ! J'ai hâte !
– Comme vous voudrez. »

Et sans un regard pour moi, ils se dirigèrent tous les deux vers la crique. Je n'avais plus qu'à retourner auprès de mes soufflets, mes objectifs et mes plaques de verre. Je me rendis à la boutique, déçu, la tête basse.

Mais une fois dans la pièce attenante où étaient rangées les sculptures mystérieuses, je fis une découverte qui me laissa sans voix. Des dizaines de photographies s'amoncelaient par terre. Le petit laboratoire était sens dessus dessous, les appareils étaient brisés, les produits renversés et l'horrible expression des statues faisait grandir en moi un sentiment d'épouvante. Je crus tout d'abord que Tissot avait reçu la visite d'autres explorateurs jaloux de sa découverte, ou de brigands venus voler les bijoux. Mais pourquoi me l'aurait-il caché ? Pourquoi afficher au petit matin un air si réjoui s'il avait, comme je le croyais, échappé à la mort de justesse ?

Je m'empressai d'aller vérifier les vitrines dans l'autre pièce. Rien ne manquait. Tout cela ne tenait pas debout. Je ne comprenais pas ce qui avait pu se passer. Alors, je me penchai pour ramasser le matériel et remettre de l'ordre dans ce désastre.

C'est en attrapant les tirages que j'ai réalisé qu'Henri Tissot avait lui-même dévasté la pièce. Sur la première image que j'avais devant les yeux, je ne reconnus aucune des statues mystérieuses qui était devant moi, sur la deuxième non plus, pas plus que sur la trentaine d'autres qui avait été sauvagement jetées par terre. Hormis une ou deux silhouettes de marbre totalement floues, toutes les photographies représentaient exactement le même motif : les branches ciselées du corail écarlate. Tissot, emporté par son obsession frénétique de l'or rouge, avait passé la semaine à observer sous tous les angles les parures des vitrines.

Je compris alors pourquoi il avait absolument tenu à me remplacer ce matin-là. Il brûlait de convoitise, il espérait vider la mer de son trésor et rentrer riche à Paris. Je sortis en trombe de la boutique et me mis à courir comme si le diable était à mes trousses.

Quand j'atteignis enfin la petite crique, le souffle court et les pieds meurtris, j'aperçus Izîl, les bras croisés, dans son grand burnous blanc. Il donnait au pauvre dément ses recommandations :

« Ne soyez pas trop gourmand, Henri ! La mer nous donne, n'oubliez pas ! On ne doit rien lui prendre de force ! »

À ses pieds, les vêtements du photographe étaient rassemblés pêle-mêle, jetés là, à la hâte. Izîl me vit arriver en trombe, il m'attrapa fermement par l'épaule et me fit signe de me taire. Et je lui obéis, totalement impuissant en regardant Tissot sauter à moitié nu dans l'eau claire.

Izîl avait sur le visage un air épouvantable. Il regardait ce photographe français consumé par la folie avec délectation. Je ne sais pas ce qui me prit, mais poussé par mon désir de lui venir en aide, je parvins à me dégager, m'emparai d'une grosse pierre et le rejoignis d'un bond en déchirant les vagues. J'eus à peine le temps d'entendre Izîl hurler depuis son promontoire que je me retrouvai déjà à dénouer la corde et nager jusqu'à la cavité.

Mais il était trop tard. Ce que je vis alors, au fond de l'eau, peu d'êtres humains encore en vie l'ont vu. Tissot s'acharnait pour prélever de la roche un gigantesque morceau de corail. Il n'avait plus de souffle, il luttait contre la mort, mais ne lâchait pas pour autant sa prise. Et quand le bloc immense sembla enfin céder, un éclair lumineux jaillit du cœur de ses branches, et frappa Tissot en pleine poitrine. Le pauvre homme se figea immédiatement. Il ouvrit grand la bouche, et je vis dans ses yeux le même désespoir, le même appel à l'aide resté sans réponse que nous avions découvert sur la mosaïque d'Hylas, le jour funeste où nous fîmes la connaissance du grand Berbère.

Depuis l'endroit où l'éclair avait frappé Tissot se répandit sur tout son corps la couleur blanchâtre du marbre. Les muscles figés, il coula dans les profondeurs de la mer.

Je remontai à la hâte pour éviter la noyade, et, m'étouffant sur le rocher où Izîl venait de me rejoindre, j'essayai de comprendre ce qu'il venait de se passer. Impossible, il s'assit à côté de moi et me dit doucement :

« Tu vois, Youssef, ils sont tous pareils ! Ils en veulent toujours plus. »

Devant mon air ahuri, il ajouta en fixant l'horizon de son regard perçant :

« Tu as remarqué comme ils se plaignent en arrivant ici ? Ils ne pensent qu'à nous prendre nos trésors et à rentrer chez eux. Il faut croire qu'ils s'y plaisent bien finalement, ils restent tous ! Allez ! Tu vas m'aider à le sortir de là, on va le ranger avec les autres... »

*

Il y eut un long silence à la fin du récit de Youssef Serbouti. Les dames aux chapeaux et les messieurs aux cravates avaient quitté la salle du musée du Capitole depuis longtemps déjà. Assis sur ce banc, devant le buste de Méduse, je ne savais pas quoi dire à ce vieil homme. Son histoire m'avait effrayé, mais je ne pouvais m'empêcher de penser qu'il s'était moqué de moi durant la petite heure que nous venions de passer ensemble. Je me résolus à penser que cet homme-là, que personne ne connaissait, qui était arrivé dans cette réception privée on ne savait comment, n'était rien de plus qu'un conteur formidable. S'ennuyant trop près de ces gens ridicules, il avait su tirer parti de chaque objet qui l'entourait pour inventer à la hâte une histoire édifiante.

Convaincu par cette explication, je ricanai et comme le font les enfants qui ne veulent pas voir disparaître l'extraordinaire trop vite, je me laissai aller à lui poser une dernière question :

« Et qu'est-il arrivé à ce monsieur Izîl ?

– Oh… Il est mort, depuis longtemps, me répondit-il le plus sérieusement du monde. Mais ses affaires ont prospéré ! Sa collection de statues n'a cessé d'augmenter, si bien qu'il a dû, avant de mourir, acheter une boutique cinq fois plus grande pour les entreposer !

– Ah bon ? Mais qui veille sur ces trésors ? demandai-je en souriant.

– Moi-même, monsieur. Je ne l'ai jamais quitté. C'est moi qui m'occupe de cette collection et je dois dire que j'y ai ajouté de merveilleuses pièces. »

Youssef Serbouti se leva doucement, et le regard qu'il posa sur moi me glaça.

« Vous devriez venir voir mes sculptures, me dit-il en rajustant son chapeau, vous savez où elles se trouvent. Au revoir, monsieur Barrier. »

Et le vieillard disparut, me laissant seul sur le banc face au buste de la Gorgone défigurée par l'angoisse.

Je ne me suis jamais rendu au Maroc, et personne n'a jamais entendu parler des sculptures de Taghzout. Durant les années qui ont suivi notre rencontre, je me suis plusieurs fois trouvé ridicule d'avoir été pris de terreur devant une histoire aussi grotesque. Mais le fait est que chaque jour, je scrute le pommeau de la canne que ce vieil homme a oubliée, peut-être volontairement, à la fin des années 1950, sur un banc de la grande salle du musée du Capitole. Chaque soir, je me noie dans les reflets de l'or rouge et sans le vouloir, mes lèvres remuent seules et je ne peux empêcher ces mots terribles d'en sortir :

« C'est une fortune… une vraie fortune… »

L'Homme qui voulut peindre la mer

> « Elle est loin de lui et il est loin d'elle,
> et elle l'entend et le voit. »
> Virgile, *L'Enéide*

Les navires gonflés de marchandises sillonnaient orgueilleusement la rade de Raguse. Ils allaient et venaient dans le port et projetaient leurs ombres sur les immenses remparts de la ville close. En cette année 1602, ces vaisseaux étaient les rois de l'Adriatique, ils naviguaient partout en Méditerranée, s'aventuraient jusque dans l'Atlantique, et enrichissaient les armateurs. La République de Raguse était le pont parfait entre l'Orient et l'Occident. Protégée par le sultan de la Sublime Porte, jalousée par Venise qui l'avait possédée, elle commerçait avec les deux et ne servait qu'elle-même. Celle qu'on surnommait « l'Athènes des Slaves du Sud » était de plus en plus puissante et faisait la fierté de tous les Ragusains. Ou presque.

De sa grandeur, de ses richesses, de sa puissance, Dinko Gundulić n'en avait strictement rien à faire. Ses yeux à lui étaient toujours tournés vers le large, jamais vers la ville. Il faut dire que Dinko Gundulić vivait loin de l'agitation du port et qu'il passait tout son temps seul, au milieu de ses toiles, dans l'atelier qu'il s'était aménagé face à la mer. Depuis quarante ans. Raguse avait changé de protecteur, il ne l'avait pas vu ; on avait changé de siècle, il ne l'avait pas vu. Comme il n'avait pas vu non plus les années passer sur lui, voûter son dos, rider son front, crisper ses doigts sur le pinceau. Pourtant, il peignait jour et nuit avec la force et l'endurance d'un jeune homme, poussé par le désir d'atteindre le but qu'il s'était fixé il y avait bien longtemps.

Tout petit déjà, Dinko savait partager ses talents exceptionnels pour le dessin avec les adultes autour de lui. Les invités des époux Gundulić s'extasiaient régulièrement en voyant ce garçon de 3 ou 4 ans griffonner avec acharnement sur les murets du jardin, un morceau de craie blanche ou de bois noirci par le feu à la main. Le recteur lui-même, la plus haute autorité de la République, y était allé une fois de son compliment :

« Dites donc, Gundulić ! Un navire est à quai sous votre figuier ! On aurait presque envie de s'embarquer dedans et de prendre la mer ! »

Le navire de Dinko était l'exacte réplique miniature des vaisseaux que son père, armateur, lançait à travers l'Adriatique, chargés de marchandises. Du haut de ses 3 ou 4 ans, Dinko restait complètement sourd aux flatteries des adultes. Il dessinait des navires, voilà tout, et quand il se lassait, il dessinait les fleurs du jardin. Bientôt, il n'y eut plus assez de place, sur les murets. On les repeignit. Il les noircit à nouveau. On les repeignit encore, autant de fois que nécessaire. Ses parents le laissaient faire, bien qu'on leur ait fait remarquer à plusieurs reprises qu'à l'allure à laquelle Dinko consommait les fusains, il n'y aurait bientôt plus assez d'arbustes à brûler dans toute la Dalmatie.

« Ha, ha, ha ! riait M. Gundulić, ne vous inquiétez pas, il se mettra bientôt à la peinture ! »

Le pauvre homme ne croyait pas si bien dire. Dinko devint peintre le jour où son père décida de se faire tirer le portrait. Il avait seulement 12 ans.

M. Gundulić fit venir chez lui Serafino Schiavole, un maître célèbre, qui avait à son actif les portraits de nombreux armateurs, de banquiers, de ducs, de sénateurs. Schiavole lui promit une œuvre sans égale et le fit poser pendant des heures dans son plus beau costume, au milieu de son jardin où la lumière était belle et le soleil très chaud. À la fin de la première journée, M. Gundulić n'en pouvait déjà plus. Et pourtant, son calvaire devait durer plusieurs semaines. Pour Dinko, en revanche, c'était un vrai bonheur. Le jeune garçon était totalement fasciné par ce qu'il voyait se dérouler sous ses yeux. Il contemplait Schiavole préparer ses pigments, les mélanger à l'huile de lin, organiser sa palette, choisir ses pinceaux. Il observait ses gestes, amples parfois, méticuleux souvent, et assistait, béat, à la naissance d'un œil, d'une narine, d'une mèche de cheveux. Maître Schiavole n'était pas insensible à l'admiration qu'on lui portait. Un matin, sans détourner les yeux de sa toile, il demanda au jeune garçon :

« Tu aimes ma peinture, mon petit ?

– S'il aime ! s'exclama M. Gundulić. Il ne fait que dessiner, cet enfant, vous savez ! Vous n'avez pas remarqué l'état de mes murets ? »

Schiavole leva un sourcil. Il n'avait rien remarqué, non. Et puis, qu'avaient à voir les gribouillages d'un enfant avec son art au juste ?

« Donnez-lui donc un de vos châssis, insista M. Gundulić. Prêtez-lui votre matériel, ça lui fera plaisir. Je payerai pour qu'il s'amuse. »

« Pour qu'il s'amuse... » Le maître se retint de lui lancer sa palette à la figure. Comme si la création était un jeu ! Enfin, puisque cet imbécile voulait payer, il le ferait payer, au prix fort. Nonchalamment, il tendit à Dinko un des châssis de rechange qu'il emportait toujours, lui prêta tout le matériel dont il aurait besoin pour « s'amuser » et se remit au travail en faisant taire son client une fois pour toutes.

Jamais M. Gundulić n'avait vu Dinko aussi heureux. Les bras chargés, le garçon s'installa derrière le maître et s'appliqua à composer sa palette. Le lendemain, on fit venir pour Dinko un chevalet semblable à celui de Schiavole. M. Gundulić posait désormais pour deux peintres, et le plaisir visible de l'un lui faisait oublier les grimaces de l'autre. Si le maître s'octroyait parfois une pause, Dinko ne s'arrêtait jamais. Les pinceaux dansaient entre ses doigts comme pris dans une ronde frénétique.

Mme Gundulić descendait au jardin de temps en temps et s'amusait de voir son fils pris par tant de passion. Elle insistait pour jeter un œil à sa peinture, mais Dinko ne voulait pas qu'on regarde son travail avant qu'il ne soit fini.

Cet engouement autour du jeune garçon agaçait profondément Schiavole. « Bon sang, que ces parents sont mièvres ! » pensait-il. Mais qu'importe, il avait presque fini. Un soir enfin, il remballa ses affaires, reprit à Dinko ce qui lui appartenait, et s'accorda avec son client pour repasser le voir quand son œuvre aurait reçu les finitions qu'il comptait y apporter dans son atelier.

Deux semaines plus tard, le maître revint avec son tableau soigneusement emballé dans un beau linge blanc. On l'accueillit dans la salle réservée aux grandes réceptions. Schiavole y déposa son œuvre, puis on s'installa au salon pour discuter de choses et d'autres. Quand il n'y eut plus assez de banalités pour entretenir une conversation, Mme Gundulić proposa :

« Et si nous allions voir votre œuvre, Maître ?

– Vous êtes donc si impatiente ? répondit-il. Si monsieur est prêt à regarder son reflet dans un miroir...

– Absolument ! » s'exclama M. Gundulić, pressé de voir si le résultat valait toutes ces heures passées à rester immobile au soleil.

Dès qu'ils passèrent la porte de la salle de réception, ils tombèrent nez à nez avec Dinko. Le garçon souriait. Schiavole et les époux Gundulić ne tardèrent pas à se rendre compte qu'il y avait dans la salle, non pas un chevalet, mais deux. Ils étaient identiques, l'un tournant le dos à l'autre et sur leur montant reposait un cadre emballé dans le même linge blanc.

Mme Gundulić s'amusa de la situation :

« Tu es venu nous montrer ta peinture, toi aussi, Dinko ? C'est bien ! On dirait que vous avez un disciple, Maître ! Il fait tout comme vous ! »

Serafino Schiavole sourit et tapota négligemment la tête de Dinko. Le garçon croisa les bras derrière le dos et ne bougea plus. Le peintre prit alors un air solennel. Il releva le menton, bomba le torse, saisit le tissu qui cachait son chef-d'œuvre, et tira dessus d'un coup sec vers le plafond.

« Voilà », dit le maître sans même regarder sa toile.

M. Gundulić en resta sans voix. Quelle perfection dans le trait ! C'était lui, à n'en pas douter, et bien plus encore que dans le reflet trompeur d'un miroir. C'était lui, comme il se voyait lui-même. Il était subjugué. Son épouse, à ses côtés, ne pouvait s'arrêter de regarder la toile, elle s'y plongeait tout entière. Il lui sembla que là, dans la salle de réception, face à ce chevalet, elle retombait éperdument amoureuse de son mari. Elle en rougit.

« C'est… c'est… c'est incroyable, baragouina M. Gundulić.

– Oui. Tout à fait », répondit triomphalement Serafino Schiavole, en se tournant vers son tableau.

Brusquement, il se figea. Les yeux écarquillés, il devint plus pâle que le tissu qu'il tenait encore à la main.

« Mais… Mais…

– Maître Schiavole ? Qu'est-ce qui vous prend ? s'inquiéta Mme Gundulić.

– Ce… Ce n'est pas ma peinture. »

Pris de vertiges, le maître vacillant s'avança péniblement vers le deuxième chevalet. Il fit glisser le tissu sur la toile et dévoila enfin le fruit de son travail.

« Celle-ci est la mienne… »

Oui. L'autre était celle de Dinko. Et la peinture de Serafino Schiavole ne tenait pas la comparaison avec la sienne. Le maître s'en rendit compte et entra dans une rage telle qu'il s'acharna sur sa toile et la réduisit en miettes.

Les époux Gundulić, complètement abasourdis, se tournèrent vers leur fils, toujours droit comme un I à l'entrée de la pièce. Alors, Dinko à son tour dit simplement :

« Voilà. »

C'est ainsi qu'à 12 ans, Dinko Gundulić ridiculisa l'illustre Serafino Schiavole. Et ce pauvre homme ne fut que le premier d'une longue série.

*

À partir de ce jour, Dinko ne fit rien d'autre que peindre et dessiner. On lui aménagea un atelier. Il s'essaya à l'aquarelle, à la détrempe, à la gouache, au lavis, à la technique des trois crayons. Il jonglait avec les plumes, les sanguines, les craies, les huiles. Il réalisa le portrait de sa mère, puis ceux de tous les membres de sa famille, ceux des voisins, des amis, signant toutes ses toiles d'un petit G doré en forme d'hameçon. Bientôt, les notables qui avaient fait confiance à Schiavole s'empressèrent de jeter leurs peintures aux ordures et insistèrent auprès de Dinko pour qu'il s'occupe d'eux. L'ancien recteur, qui se souvenait du navire à quai sous le figuier dans le jardin des Gundulić, passa commande. Le nouveau l'imita. On regardait le jeune garçon comme un phénomène, un génie précoce. On organisa des duels au pinceau lors desquels Dinko affronta des maîtres bien plus expérimentés : il les humilia tous. En moins de trois ans, Dinko n'eut plus, à Raguse, le moindre concurrent. Sa renommée grandissait jour après jour et le recteur eut l'idée d'inviter Dinko à se mesurer aux peintres italiens de Venise et de Florence : on frôla l'incident diplomatique. Dinko triompha, mais aucun Florentin, aucun Vénitien n'accepta de s'incliner devant le talent d'un garçon si jeune. On cria à l'imposture, à la supercherie, à la plaisanterie grotesque ; cette affaire irait loin ! Sur l'autre rive de l'Adriatique, on ne plaisantait pas avec la peinture ! Heureusement, les choses se tassèrent, mais Mme Gundulić en eut assez que l'on prenne son enfant pour une bête de foire. Il fut donc décidé que Dinko, jusqu'à nouvel ordre, ne peindrait plus que pour lui. Son mari se rangea de son côté. Leur fils avait 15 ans maintenant, il était temps qu'il s'intéresse un peu aux affaires.

L'armement des navires, le commerce des biens précieux, tout cela, Dinko s'en moquait. Mais il accompagna tout de même son père lors de rendez-vous importants où il faisait semblant d'écouter ses conseils et de s'intéresser aux négociations auxquelles il assistait. Bien sûr, il ne pensait qu'à peindre et ce qu'il observait, c'était le mouvement d'un sourcil, la courbe d'un visage, une lèvre mordue, le lobe d'une oreille ; tous ces gens ennuyeux qu'il croisait posaient pour lui sans le savoir. Aussitôt rentré chez lui, il se jetait sur ses carnets qu'il noircissait d'innombrables esquisses.

Il peignait parfois des fleurs, des arbres, des animaux, des cieux. Et la perfection ruisselait chaque fois des poils de son pinceau. Dinko se lassait vite pourtant ; il désespérait de trouver un sujet qui l'inspire vraiment.

Jusqu'au jour où il vit Maria Sorgo.

C'était au port, à la fin d'une après-midi où la lumière radoucie recouvrait les bâtisses d'un voile presque jaune. M. Gundulić devait faire visiter ses bateaux à un riche négociant qui souhaitait louer ses services. Dinko était avec lui. Le ciel n'avait pas encore rosi ; un léger clapotis caressait la coque des navires. Depuis la jetée, on distinguait parfaitement les rochers de l'île de Lacroma, surmontés d'une forêt dense. C'était le prolongement verdoyant des îles Elaphites, premier rempart contre les pirates et les vents violents. Lacroma était si proche que Dinko n'avait aucun mal à s'y plonger, tout en faisant semblant d'écouter son père. Il observait les marins qui s'apostrophaient en dénouant les cordages, les voiles qu'on enroulait sur les mâts, les cales qu'on vidait pour mieux les remplir ensuite. Brusquement, son père interrompit sa rêverie.

« Voilà mon client ! Redresse-toi... »

Dinko tourna la tête vers l'homme qui s'approchait. Il n'était pas seul. Maria Sorgo, sa fille, était à son bras. La légèreté de sa démarche, l'harmonie de sa silhouette fascinèrent aussitôt le jeune homme. À vingt mètres, il devina la beauté de ses traits, à dix mètres, il sut qu'il n'aurait plus qu'elle à présent pour modèle et quand il put enfin sentir son parfum, il chancela. Maria Sorgo... Le trouble qu'elle jeta sur lui grandit si vite et prit tant de place qu'il envahit le port tout entier. Il lui sembla que les bateaux reculaient dans la rade, que les marins étaient soufflés par cette tempête silencieuse qu'il avait senti naître dans son ventre. Quand elle tendit sa main vers lui, Dinko la prit et s'émut en constatant qu'elle tremblait dans son gant.

*

Maria et Dinko se revirent souvent dans le jardin des Gundulić, dans la demeure des Sorgo, un peu partout à Raguse. Ils ne se quittaient plus. Ils avaient près de 16 ans, leurs familles s'entendaient à merveille, alors naturellement, on pensa à les marier. Quand Dinko se déciderait à lâcher ses pinceaux pour de bon, quand il prendrait la place qui l'attendait dans les affaires familiales, on fixerait une date. Car même avec tout le bien qu'on pensait de ses talents de peintre, ce n'était pas avec de l'huile de lin et des pigments qu'on élevait des enfants.

Mais Dinko n'était pas disposé à s'arrêter, au contraire. Jamais il n'avait tant peint ni dessiné. Les mains de Maria, la bouche, les cheveux de Maria, Maria couronnée de fleurs, Maria à l'oiseau, Maria toujours, partout, tout le temps. Elle n'avait pas besoin de poser. Il la regardait et exécutait sur-le-champ le plus incroyable des portraits. La jeune fille était ravie. Que Dinko devienne un riche armateur à son tour ne l'intéressait pas non plus. Qu'il continue à la peindre, il n'y avait pas de plus bel horizon à leurs yeux. Ils s'aimaient, indifférents au reste du monde. Ça en agaçait certains. D'autres étaient jaloux, surtout Giorgio Pozza, le neveu du recteur.

Giorgio Pozza connaissait Maria depuis longtemps. Enfant déjà, il lui volait ses rubans pour les garder avec lui, dissimulés sous sa ceinture ou dans ses chausses. Elle le voyait comme un frère, lui espérait en faire sa femme. Pozza avait vécu l'arrivée de Dinko dans la vie de la jeune fille comme un coup de canon tiré contre son cœur. C'est peu dire qu'il le détestait, il ne s'en cachait pas. À chaque fois qu'il le pouvait, il ternissait la réputation des Gundulić par des mensonges. Il racontait que l'amour de Dinko et Maria était contraint et reposait sur de la sorcellerie, tout comme ses talents de peintre. Personne ne l'écoutait. Il était ridicule. Il s'arrangeait même pour interrompre les promenades des amoureux, pour saboter leurs rendez-vous. Mais Dinko n'y accordait aucune importance, et Maria, elle, regardait les caprices de ce frère qui n'en était pas un avec tendresse et compassion. « Pauvre Giorgio, se disait-elle. Ça lui passera... »

Ça lui passa, un peu. Du moins en apparence. Pozza était rassuré de savoir qu'on n'avait toujours pas fixé de date à leur mariage. Maria et Dinko se fréquentaient pourtant depuis plus d'un an, mais le fils Gundulić ne semblait toujours pas intéressé par les affaires. Les parents de Maria s'inquiétaient, mais leur fille savait toujours trouver les mots pour les tranquilliser. Ils étaient faits l'un pour l'autre et méritaient bien qu'on leur laisse du temps. Qui pouvait espérer un avenir plus heureux que celui qui leur était promis ? Maria et Dinko, c'était l'amour que les enfants rêvaient de connaître, que les adultes rêvaient de retrouver, que les plus vieux faisaient semblant d'avoir vécu.

Malheureusement, du jour au lendemain, quelque chose changea.

*

C'est Maria qui eut l'idée de cette promenade au bord de l'eau, près des rochers. Elle remplit un panier de figues et de raisin, y glissa une bouteille de vin, recouvrit le tout d'une grande nappe pliée, puis rejoignit Dinko au port. Ils firent le tour des remparts en se tenant le bras. Il faisait très chaud déjà. Le soleil écrasait tout. Ils trouvèrent un bel endroit un peu à l'écart, où l'eau était peu profonde, où les rochers étaient suffisamment plats pour s'y étendre. Ils déplièrent la nappe, y déposèrent les fruits et le vin. Dinko sortit ses mines, ses fusains et déjà, il croquait la jeune fille. L'endroit était à eux seuls. Maria jeta son chapeau sur le nez de son peintre en riant et se dirigea vers l'eau claire.

Elle se baignait ! Personne ne se baignait jamais dans la mer en dehors des pestiférés et des malades de la rage. Dinko s'en amusa et s'empressa de dessiner les pas de Maria éclaboussant les rochers, sa robe qui lui collait aux jambes, ses mains capturant l'eau salée ruisselant sur son front, sur ses tempes, sur les boucles de ses longs cheveux relâchés. Et son sourire aussi, quand elle fit volte-face et qu'elle s'écria :

« Viens, Dinko ! Allez, viens me rejoindre ! »

Dinko ne bougeait pas. Elle revint vers la nappe sur laquelle il était allongé. Il la regarda émerger, seule, de ce bleu déroutant, et s'approcher de lui, jusqu'à le surplomber. Elle secoua la tête et l'eau qui ruissela de ses cheveux l'arrosa. Dinko posa ses mines et son papier.

« Pourquoi tu me regardes comme ça ? » demanda Maria en s'asseyant près de lui.

Il passa la main sur son visage. Une goutte glissa sur ses doigts, puis le long de son bras et s'évanouit dans le pli de son coude.

« Dinko ? »

Mais ce n'était plus Maria que Dinko regardait. Il se leva et s'avança lentement vers la mer.

« Dinko ! Qu'est-ce que tu fais ? Tes chausses ! Enlève-les ! »

Il entra dans l'eau jusqu'à la taille, en frôlant la surface du bout de ses doigts. Il y plongea les mains, les ressortit et contempla le petit filet transparent qui s'écoulait et s'amenuisait peu à peu, jusqu'à ce que la dernière gouttelette dérobée à la mer regagne l'immense étendue qui lui avalait les jambes. Puis, complètement hébété, il regarda autour de lui. Des vaguelettes s'écrasaient lentement contre les récifs, leur abandonnant l'écume qui luisait sur leur crête. Il essaya de suivre le trajet d'une vague, puis celui d'une goutte et murmura :

« Tout bouge... Tout bouge, si vite. »

Maria ne riait plus, l'attitude de Dinko commençait à l'agacer. Il l'ignorait complètement, comme s'il avait oublié qu'elle l'attendait sur la plage avec des fruits et du vin, avec ses bras qui voulaient se suspendre à son cou.

« Dinko ! Qu'est-ce que tu as ? Tu te moques de moi ? Si tu continues, je m'en vais ! Dinko, je vais partir ! »

Mais le jeune homme faisait couler l'eau en silence. Pour la première fois, il avait devant lui quelque chose d'insaisissable, quelque chose que son regard, si vif et si rapide, ne parvenait pas à figer. Une fleur, un fruit tombant d'un arbre, un navire quittant le port, un visage, un nuage, tout cela, il l'avait attrapé mille fois sans forcer. Mais la mer, elle, changeait en permanence. Comment la saisir ? Jamais elle n'offrait deux fois la même houle. Où commençait-elle ? Où se terminait-elle ? Quelle couleur avait-elle derrière l'horizon ? Plus il la regardait, plus il se sentait face à un grand vide. Enfin, il avait découvert un motif à la mesure de son talent. Là, sous son nez, elle l'attendait depuis toujours et l'obsédait déjà. Pour la première fois, Maria se mit en colère. Elle se rhabilla, vexée, et partit en abandonnant la nappe, le vin et le panier. Laissant Dinko face à son premier véritable adversaire, en compagnie de l'unique rivale qu'elle n'aurait jamais.

*

Le lendemain, la jeune femme insista auprès de son père pour qu'ils rendent une petite visite de courtoisie aux Gundulić. Elle voulait être sûre que Dinko allait bien et s'en voulait un peu de s'être enfuie comme ça la veille.

Les Gundulić accueillirent chaleureusement M. Sorgo et sa fille. On fit appeler Dinko, on servit à boire dans le jardin, on s'attarda un peu sur les politesses. Maria s'impatientait. Un domestique apparut, visiblement très gêné. Il s'avança vers Mme Gundulić, toussota et dit, très bas :

« Madame, votre fils est dans son atelier et ne souhaite pas qu'on le dérange. »

Mais tout le monde entendit. M. Sorgo fronça les sourcils et Maria rougit de honte.

M. Gundulić tenta de dissiper le malaise :

« Ah, Dinko ! Depuis hier, il n'a pas quitté son atelier. Personne ne l'a vu ! À mon avis, il prépare quelque chose ! À coup sûr, c'est encore un portrait de votre fille. Tu devrais le rejoindre, Maria. Veux-tu qu'on t'y fasse conduire ?

– Merci, mais je connais le chemin. Je peux y aller seule. »

La porte de l'atelier était entrebâillée. Maria y glissa la tête. Elle aperçut Dinko qui semblait très agité. Ses gestes étaient amples, il s'arrêtait souvent pour se prendre le crâne entre les mains. Autour de lui régnait un désordre incroyable. Trois ou quatre châssis étaient en morceaux, les toiles étaient éventrées. Des dizaines d'esquisses jonchaient le sol. Des tas de pinceaux étaient éparpillés aux quatre coins de la pièce. L'atelier ressemblait à un champ de bataille. Maria s'en voulait qu'il se donne tant de mal pour elle. « Tout ce travail va finir par le rendre fou… » pensa-t-elle.

Elle l'appela enfin :

« Dinko ! C'est moi, Maria. Je peux entrer ? »

Il fit un bond en arrière.

« Ah, Maria ! C'est très bien que tu sois là ! Tu vas me dire ce que tu penses de ça. J'y ai passé la nuit et j'y suis encore ! Mais quelque chose ne va pas… Quelque chose ne va pas ! »

Dinko semblait avoir complètement oublié ce qu'il s'était passé la veille. Il était très nerveux, il gesticulait beaucoup, croisant et décroisant les bras, se grattant la tête, se mordant les lèvres. C'est à peine s'il regardait Maria. Lorsqu'elle découvrit la peinture, la jeune femme poussa un cri.

Ce n'était pas elle sur la toile. C'était une vague. Une immense et terrible vague dans laquelle Maria, malgré elle, se plongeait. Elle se sentait aspirée, ballottée, secouée, puis rejetée, suffocante, à l'autre bout de Raguse. Elle blêmit, se retint au bras de Dinko pour ne pas tomber et balbutia :

« J'ai… J'ai le mal de mer. »

Le regard de Dinko s'égaya. Il ricana. Brutalement, son visage se ferma. Il brandit son pinceau et transperça la toile en hurlant :

« Non ! Ce n'est pas bon ! Elle a déjà changé. Tu ne le vois pas ! Elle a déjà changé ! »

Et il s'effondra sur le sol. À genoux, il se mit à pleurer comme un enfant. Effrayée, Maria s'enfuit et le laissa de nouveau seul, comme la veille. Cette fois, elle n'était pas en colère. Elle était anéantie.

*

Après cet incident, on s'accorda pour dire que Dinko avait besoin de repos. Il souffrait sans aucun doute d'une grave insolation. Il resta donc couché trois semaines. Et durant tout ce temps, il ne toucha pas un pinceau. Maria lui rendait visite chaque matin. Au début, elle n'était pas très à l'aise, mais l'état de Dinko s'améliorait de jour en jour. Naturellement, Giorgio Pozza profita de la situation. C'est lui qui emmenait Maria au port, ou chez le chapelier. Il venait la voir chez elle, comme avant. Il jubilait et priait chaque soir pour que Dinko soit frappé par une nouvelle crise. Ah ! s'il avait pu commander au soleil, il l'aurait fait brûler de toutes ses forces, juste au-dessus de l'oreiller de ce sale petit peintre !

Lorsque Dinko quitta son lit et retrouva le monde, il n'était plus tout à fait le même. Devant Maria, il essayait de ne rien laisser transparaître, mais leurs rendez-vous s'espaçaient, il disparaissait souvent, et bien entendu, il ne montra aucune motivation pour les affaires de son père. Maria, ne découvrant plus de nouveau portrait d'elle, se dit qu'enfin Dinko pensait à leur mariage, à la grande famille qu'ils allaient fonder. Mais Dinko ne lui disait pas tout. Ces trois semaines au lit lui avaient fait réaliser que personne ne comprendrait jamais l'obsession qui l'habitait. Il n'avait pas renoncé, au contraire il était prêt à ce que la bataille qui avait commencé entre la mer et lui dure toute une vie. Il devint de plus en plus distant et la place qu'il laissa, Pozza la prit petit à petit. On voyait davantage Maria au bras de Pozza qu'à celui de Dinko, si bien que tout Raguse avait compris avant elle qu'elle n'épouserait peut-être pas celui qu'elle croyait. La mer lui avait pris son peintre.

Et la mer n'était pas rassasiée.

Presque un an jour pour jour après « l'insolation » de Dinko, une terrible tempête emporta par le fond une goélette qui s'aventurait dans le détroit de Messine. À son bord, l'équipage, quelques caisses de marchandises, et les époux Gundulić partis découvrir Naples.

Dès que Maria apprit la nouvelle, elle s'empressa de se rendre chez Dinko qu'elle n'avait pas revu depuis quatre ou cinq jours. Dans quel état il devait être ! Pauvre de lui ! Orphelin à 20 ans, et presque seul au monde. Et elle qui ne pensait qu'aux distractions que lui proposait Pozza... Quel malheur ! Quelle peste que cette mer honteuse qui prenait la vie de ceux dont elle avait fait la fortune !

Maria n'attendit pas qu'on lui ouvre. Elle entra en trombe dans la demeure, passa de salle en salle à la hâte. Elle appelait, montait dans les étages, sillonnait le jardin, ouvrait les dépendances, indifférente aux domestiques effondrés qui la priaient de s'asseoir et d'attendre. C'est dans son atelier qu'elle trouva Dinko.

La pièce était dans un état bien pire que la dernière fois où elle y était entrée. Les murs étaient peints, les meubles aussi. Des milliers de dessins jonchaient le sol, amoncelés, froissés, à peine terminés, déchirés, oubliés. Partout la mer, dans tous ses états, de toutes les couleurs. L'écume paraissait déborder de l'atelier. Voilà ce que faisait Dinko quand il disparaissait. Chacun de ces dessins était un instant volé à Maria, et il y en avait beaucoup trop. Maria les piétinait rageusement en s'avançant vers le corps étendu de Dinko, noyé sous les esquisses. Il dormait. Elle lui caressa le visage, il se réveilla.

« Maria... C'est toi... »

Il éclata en sanglots et se blottit contre elle. Maria pleurait elle aussi. Elle partageait avec lui la douleur abominable de cette double perte.

« Je suis là, lui dit-elle à l'oreille. Je suis avec toi. Tout ira bien... »

Les larmes de Dinko inondaient le corsage de la jeune fille.

« Je ne vais pas y arriver, marmonna-t-il. Je ne sais pas quoi faire...

– Tout ira bien, Dinko. On surmontera ça ensemble...

– Tu crois ?

– Bien sûr. Je vais venir m'installer ici, ajouta-t-elle en lui caressant les cheveux. Mes parents nous aideront, ils s'occuperont de tout, le temps que tu ailles mieux. »

Dinko se redressa, il ne pleurait plus. Il dévisageait Maria qui relâcha son étreinte en croisant son regard.

« De tout ? Mais enfin, Maria ! Tes parents ne peuvent quand même pas peindre à ma place !

– Peindre ?

– Mais oui, peindre ! Peindre, peindre ! Je ne sais plus comment faire, je te dis ! Je n'arriverai jamais à peindre cette mer ! »

Et Dinko se leva, bondit aux quatre coins de la pièce, attrapa au hasard un dessin qu'il déchira, puis un autre et un autre encore, sans plus faire attention à Maria qui pâlissait de plus en plus. Il était perdu. Même la mort de ses parents ne l'avait pas détourné de son obsession. Les rêves de Maria étaient brisés et son cœur en morceaux lorsqu'elle réalisa que le Dinko qu'elle avait connu n'existait plus. Elle rassembla ses forces, respira profondément, posa sa main sur l'épaule de celui qui ne serait jamais son époux et dit simplement :

« Au revoir, Dinko. »

Puis elle quitta la demeure des Gundulić et n'y revint jamais.

*

En moins de six mois, l'entreprise familiale des Gundulić fit faillite. Les intrigues et les mensonges de Pozza précipitèrent la ruine de Dinko à qui les banquiers expliquèrent qu'il lui fallait vendre tout ce qu'il lui restait. Pozza racheta ses biens pour presque rien et passa aux yeux de Maria pour un saint.

Le bonheur de Pozza aurait été complet s'il avait pu voir Dinko dormir sous un porche ou mendier sa nourriture, mais Maria l'en empêcha. Elle insista pour qu'il trouve à Dinko une maison modeste, même loin de Raguse, à laquelle on ajouterait une petite rente pour qu'il puisse vivre décemment. Pozza ne refusa rien à Maria qui accepta ensuite de l'épouser dans l'année.

On installa Dinko sur l'île de Lacroma ; il s'y laissa guider placidement, n'emportant avec lui que son matériel. Ici ou ailleurs, ça n'avait pas d'importance, tant qu'il y avait la mer... On parla de lui, au début, dans Raguse. On parla de ses parents, du destin tragique de cette famille. Et puis, on oublia les Gundulić.

En dehors d'un monastère rempli de religieux béats et de la petite bâtisse d'une seule pièce réservée à Dinko à l'autre bout de l'île, il n'y avait rien à Lacroma. L'île appartenait aux oiseaux, à la faune qui logeait dans sa végétation paradisiaque, et à la mer bien sûr, qui en découpait les contours. C'était parfait. Le seul contact qu'avait Dinko avec le monde extérieur se résumait à la livraison de nourriture et de matériel qu'il recevait chaque semaine par la barque d'un marin. Maria gérait à distance, Pozza payait. Dinko se dépouilla de tout et put enfin se consacrer uniquement à son travail.

Ses premières années sur l'île, il les passa à observer son adversaire, à toute heure du jour et de la nuit, en toute saison, dans tous ses états, sous tous les angles. Depuis la côte qui faisait face aux remparts de son ancienne cité, depuis l'autre bout de l'île où les courants filaient vers les rivages de l'Italie, il s'imprégnait de chaque nuance de l'Adriatique. Et de son mouvement surtout. Il ne voulait pas peindre un détail de la mer, mais la mer tout entière, et il ne voyait pas du tout comment s'y prendre. Ça l'énervait beaucoup. Elle changeait de couleur et d'aspect avant qu'il n'ait préparé sa palette et paraissait complètement indifférente à ses colères. En réalité, ces deux-là s'apprivoisaient mutuellement. Il se méfiait d'elle, en particulier lorsqu'elle était très calme et semblait immobile. Elle essayait de le tromper, mais systématiquement, elle finissait par se trahir. Elle scintillait ici ou là, et de petites ondes arrondies ou pointues, comme les dents des monstres qu'elle abritait sans doute, la ridaient un instant, et puis disparaissaient. Elle était. Elle n'était plus. Elle faisait naître des formes qu'elle supprimait avant même parfois que Dinko ne les remarque. Elle jouait avec lui. Dinko passa en revue son arsenal, compta ses pinceaux et ses mines, ses toiles, ses huiles, ses poudres, ses couteaux. Il choisit son terrain. Il s'imprégna de la lumière, car il avait compris depuis longtemps que c'était toujours elle qui décidait de l'apparence que prenaient les choses. Il ne voulait pas qu'elle aussi le trompe, mais qu'elle rejoigne ses rangs. La mer le toisait, Dinko l'entendait rire entre ses légers rouleaux. Alors, il rit lui aussi et lança son premier assaut.

Il peignit frénétiquement et acheva sa première toile, et puis une autre, et une autre encore. Il ne s'interrompit que lorsque la nuit vint. Il recommença le lendemain, et les jours d'après. Il ne s'arrêtait plus. De peinture en peinture, il se sentait progresser ; il avançait dans cette quête folle. Mais il n'était jamais satisfait. Toutes ses œuvres n'étaient pour lui que des études. Il produisait, toujours plus, dans un mouvement de création perpétuel, imitant son adversaire qui ne prenait jamais de repos. Et ce combat devint une course.

Il attaqua au pinceau les murs, les fenêtres, le toit de sa maison jusqu'à ce qu'elle disparaisse complètement. Vue du ciel, à la place, on voyait une mer, calme et scintillante. Le trompe-l'œil était parfait. Si parfait que, à peine terminé, les oiseaux commencèrent à piquer vers le toit pour pêcher. Certains se brisèrent les ailes, tandis que Dinko riait de sa réussite. En moins d'une heure, la moitié de son toit était dévastée. Et Dinko dut se résoudre à repeindre des tuiles par-dessus cette écume. Rire lui fit tant de bien qu'il chercha une nouvelle cible. Il s'en prit donc aux moines en recouvrant en une nuit, à la lumière de la cire, un mur entier de leur monastère. Les pauvres, au matin, crurent à un raz de marée et prièrent pour que Dieu les épargne de ce fléau jusqu'à ce que la lumière du jour soit assez forte pour dévoiler la supercherie. Une autre fois, il s'en prit au marin qui le livrait depuis Raguse. Avec cinq ou six draps qu'il cousit, il se fit une toile monumentale qu'il peignit et étala sur le petit débarcadère. En accostant Lacroma, ce brave homme dans sa barque crut s'être trompé de cap. Dinko espérait que croyant fendre les flots, il s'échouerait sur le rivage !

Malheureusement, le marin ne tomba pas dans le piège. Il démasqua le farceur, fit demi-tour et le priva de marchandises pendant une semaine. Dinko s'amusait, ses victimes beaucoup moins. Mais ces distractions ne comptaient pas. Il avait trompé les oiseaux, les moines ensommeillés, comme il avait trompé Maria autrefois quand, dans son atelier, elle avait eu la nausée en regardant sa vague. Mais il ne parvenait pas à se tromper lui-même.

Dinko continua son combat sans relâche, scrutant les rides éphémères de cette mer, sans s'apercevoir que sur son front se creusaient d'autres rides, irréversibles. Il eut 30 ans, 40, bientôt 50. Sa rage du début se transforma en une patience sage. Plus ses cheveux blanchissaient, plus il domestiquait son obsession. La mer et lui maintenant étaient deux vieux adversaires qui se défiaient par habitude : elle, sûre de son triomphe, lui, conscient d'être le seul qui la ferait jamais douter.

*

Le nom de Dinko Gundulić ne parlait plus à personne à Raguse. La quasi-totalité de ses toiles avaient été détruites. En revanche, tout le monde connaissait le vieux fou qui hantait Lacroma, surtout les enfants. Son histoire avait été rapportée par les marins sur les côtes dalmates. Ce vieillard vivait sur l'île depuis cent ans peut-être ! Il se nourrissait d'oiseaux crus, de limaces, et des corps gonflés des naufragés perdus ! Sa barbe était si longue qu'elle lui servait de filet pour attraper les poissons. C'est lui qu'on entendait hurler à faire trembler les remparts, les jours de tempête. C'est lui qui viendrait s'occuper des enfants capricieux qui ne voulaient pas dormir. Voilà ce qu'était devenue l'ancienne fierté de Raguse. Le prodige s'était changé en croque-mitaine.

Seule Maria Pozza n'avait pas oublié Dinko. Souvent, elle regardait l'île du haut des remparts ou depuis le port, et se demandait ce qu'il était devenu. Elle pleurait parfois en imaginant la sombre folie qui certainement le consumait toujours. Elle savait que Dinko était en vie, elle veillait encore à ce qu'il perçoive sa rente. Elle aurait pu savoir bien des choses sur lui par les moines qui parfois se rendaient à Raguse, mais jamais elle n'avait demandé de nouvelles. Maria avait trop peur que les histoires qu'on racontait sur le vieux fou aient une part de vérité, même toute petite.

Durant toutes ces années, la fortune de son mari était devenue immense. Après avoir repris les affaires des Gundulić, il avait mis la main sur celles des parents de Maria. En un peu plus de trente ans, Giorgio Pozza était passé de neveu du recteur à sénateur. Il possédait un somptueux palais d'été, au-delà des remparts. Une bâtisse magnifique, si grande qu'il ne savait pas lui-même combien il avait de pièces. Le jardin surtout ravissait les visiteurs par la diversité de ses arbres et de ses fleurs. Ses allées, parfaitement entretenues, étaient bordées de statues exécutées par les plus fins sculpteurs sur les épaules desquelles les oiseaux piaillaient joliment. Il y avait de l'ombre là où il le fallait, de la lumière quand il le fallait, et des couleurs partout. Le fond du jardin débouchait sur une petite falaise rocheuse haute de trois ou quatre mètres que les vagues caressaient comme bon leur semblait. Les goûts de Pozza étaient si extravagants qu'aux deux tiers de la falaise, il s'était fait construire un bassin rond et profond, rempli d'eau de mer. Il aimait prendre des bains salés et il aimait tout autant étaler ses richesses. Quand il recevait les gens importants, il les emmenait au bout de son jardin et disait, en montrant son bassin :

« Même la mer m'appartient ! Je l'ai capturée, regardez ! »

D'une certaine façon, la mer lui appartenait, car il régnait sur le commerce dans toute l'Adriatique, il avait tissé des relations solides avec les puissances extérieures qui s'étaient imposées dans la République, il était le maître de Raguse. Et personne ne pouvait l'ignorer. Chaque année, au premier jour de l'été, il organisait une réception dans son palais pour y célébrer sa propre gloire. Les familles qui comptaient étaient toutes invitées. Le point d'orgue de cette fête, c'était de l'admirer, au fond de son jardin, du haut de la falaise, gonfler le torse et sauter dans son bassin plein d'eau. On l'applaudissait, et puis on se goinfrait. D'année en année, Pozza prouvait à tous que sa force et sa vigueur étaient restées intactes. Il ne lui manquait qu'une chose : accéder à la fonction suprême, devenir recteur, comme l'avait été son oncle avant lui. C'était l'affaire de quelques semaines tout au plus.

Maria s'était lassée de ce faste. Elle aurait volontiers échangé tout ce qu'elle possédait contre l'enfant que Pozza ne lui avait pas donné. Plus le temps passait, plus elle restait seule, à sa fenêtre, le regard tourné vers le large et vers l'île de Lacroma.

L'été approchait, et sûr de sa nomination au poste de recteur, Pozza faisait tout pour que sa réception soit plus inoubliable encore que les précédentes. On s'activait dans le palais, les domestiques n'avaient pas une minute à eux. Maria, ne supportant pas cette effervescence, s'éloigna dès l'aube et rejoignit le port, emportant avec elle un petit panier dans lequel elle avait déposé une nappe et des fruits. Elle marchait lentement.

En chemin, les souvenirs l'assaillaient. Ici, Dinko l'avait peinte une fleur à la main, et là, un oiseau sur l'épaule, là encore, tête nue, sans chapeau. Elle trouva la force de se rendre dans ce bel endroit, un peu à l'écart, où l'eau était claire, où les rochers étaient plats, où elle s'était baignée autrefois sous les yeux de son peintre. Une fois sur place, elle soupira et regarda devant elle : Lacroma était si proche... Un marin passa dans sa barque. Maria l'arrêta et contre quelques ducats, se fit conduire sur l'île.

Sur le petit débarcadère, elle pria le matelot d'attendre son retour. Maria mit le pied à terre et s'enfonça dans la forêt. C'était donc ça, l'endroit où Dinko avait passé sa vie ? C'était un paradis. Maria s'y perdit. Et plus elle avançait, moins elle croyait que Lacroma abritait le monstre qu'on disait. Dinko n'était pas fou, il n'avait pu que devenir un sage dans un décor pareil. Elle en vint à l'envier et se prit à imaginer la vie qu'ils auraient eue, tous les deux, si elle avait eu le courage de le suivre dans son exil. Mais, même sage, est-ce qu'il serait pour autant heureux de sa visite ? Peut-être qu'il l'avait oubliée ou qu'il ne la reconnaîtrait pas ? Peut-être qu'il lui en voulait ? Après tout, il n'avait jamais cherché à la revoir. Une fois devant la porte de la petite bâtisse, elle hésita. À quoi rimait tout ça ? Qu'attendait-elle au juste ? Elle-même n'en savait rien ; elle était là, c'est tout. Elle entra, c'était ouvert, et trouva Dinko en train de peindre. Elle l'observa en silence, exactement comme lors de leur dernière rencontre. Cette fois, c'était différent. La silhouette était légèrement avachie, la barbe était longue, les gestes plus lents, Dinko était calme. Le vieil homme était beau. Elle l'appela :

« Dinko ? »

Il sursauta si fort qu'il en lâcha ses pinceaux. En dehors des marins, depuis trente ans, il n'avait parlé à personne, et personne n'avait prononcé son prénom. Il se retourna lentement, regarda de haut en bas cette femme qui venait d'entrer chez lui et s'approcha d'elle :

« Ah ! Maria ! s'écria-t-il en lui prenant les mains. Maria, c'est toi ! J'ai cru que c'était l'un de ces moines... Je les fuis comme le diable. Entre, entre. »

Dinko jeta par terre des dizaines de rouleaux de papier et autant de carnets entassés sur un fauteuil usé qu'il épousseta.

« Excuse-moi, il y a un tel désordre ! Je ne t'attendais pas aujourd'hui... Assieds-toi, là. »

Maria le regardait, un peu hébétée, prendre place sur un tabouret tout près d'elle... Dinko sourit en voyant son panier.

« Je suis content de te voir, mais tu sais, je ne crois pas que je pourrais me promener avec toi aujourd'hui. J'ai beaucoup de travail... »

Maria était de plus en plus consternée. Quelle comédie lui jouait-il ? Il s'adressait à elle comme s'ils s'étaient quittés la veille ! Elle se trouva tout à coup ridicule d'avoir autant appréhendé ces retrouvailles.

Face à elle, Dinko souriait toujours. Il attendait qu'elle parle, mais comme elle se taisait, il lui demanda pour la faire rire un peu :

« Tes parents t'ont laissé venir jusqu'ici toute seule ? »

Maria tressaillit, s'accrocha à son fauteuil et répondit :

« Oui, Dinko. »

Et elle lui rendit son sourire. Que pouvait-elle faire d'autre ? Ce vieil homme était fou et Dinko était mort. Elle ramassa l'un des carnets qui traînaient à ses pieds et demanda :

« Je peux regarder tes dessins ?

– Oui, oui, bien sûr. Mais celui-là, je n'ai pas eu le temps de le reprendre encore... »

Les doigts de Maria se crispèrent et froissèrent le papier. C'était un croquis d'elle. Elle sortait de l'eau, les cheveux défaits, la robe trempée. Elle n'avait pas encore 20 ans et sa bouche entrouverte semblait dire : « Dinko, viens ! Allez, viens me rejoindre ! ». Elle tenait entre ses mains tremblantes le dernier dessin que son peintre avait fait d'elle.

« Tes cheveux sont parfaits ! s'exclama Dinko. Le problème, ce sont les gouttes d'eau sur ton épaule, je n'en suis pas content. »

Les gouttes d'eau ? Plus Maria regardait son portrait, plus la douleur était grande. Elle n'avait plus cette allure, elle n'avait ni ces yeux, ni ce visage, ni ces cheveux, ni rien. Et sa bouche, elle aussi, avait perdu sa chair, mais elle réalisa que durant tout ce temps, ses lèvres étaient restées entrouvertes et que les mêmes mots, continuellement, s'en étaient échappés.

Et lui, cet insensé, il lui parlait des gouttes. Maria, dévastée, éclata en sanglots.

« Qu'est-ce que tu as ? s'inquiéta Dinko. Maria ? »

Elle releva la tête, essuya ses larmes et attrapa la main du vieux fou, en lui mettant sous les yeux son vieux croquis.

« Regarde-moi, idiot ! Et regarde ce dessin ! Qu'est-ce que tu vois ? Dis-le-moi ! Qu'est-ce que tu vois, Dinko ? Tu ne vois rien ! Tu ne vois pas que trente ans séparent la jeune fille de la pauvre femme qui est devant tes yeux ? Tu ne vois pas que nos vies se terminent ? Tu ne vois pas qu'on ne les a pas vécues ! »

Dinko blêmit. Cette femme était si différente du portrait qu'il en avait fait Mais c'était Maria, oui, c'était bien elle. Puis, il regarda ses propres mains, c'étaient bien les siennes, gonflées, tachées, usées par le travail et par le temps qu'il n'avait jamais vu s'écouler, lui qui avait toujours vu plus vite que les autres. Il comprenait maintenant. Il comprenait qu'il avait passé sa vie à livrer un combat inutile. Pire, c'est son propre bonheur, et celui de Maria, qu'il avait combattus. Il s'effondra.

Alors Maria raconta tout à Dinko, tout ce que la mer leur avait pris. Elle raconta son mariage et sa vie passée aux côtés de Pozza. Comment Giorgio l'avait ruiné sans qu'il s'en aperçoive. Comment il lui avait volé sa maison, sa femme et la gloire qui aurait dû être la sienne. Elle raconta la vie qui aurait dû être la leur. Les fêtes qu'ils auraient données ensemble dans leur palais d'été. Au lieu de ça, elle avait un mari bouffi d'orgueil qui paradait devant sa cour en exécutant des plongeons dans son bassin ridicule. Oui, c'était bien Giorgio qui avait tout récolté. Il en avait fait n'importe quoi, et Dinko en était responsable.

Maria se leva, déchira le dessin qu'elle avait à la main et dit froidement :

« Non, Dinko, le problème ne vient pas des gouttes d'eau. »

Elle l'abandonna là, seul, recroquevillé, en sanglots.

Pendant deux jours, Dinko Gundulić ne quitta pas son atelier. Il ne dormit pas, ne mangea pas non plus. Il peignit, une dernière fois. Le troisième jour, il mit le feu à sa maison, à son travail, à sa vie. Puis, près du petit débarcadère, il attendit le marin qui le livrait chaque semaine, monta dans sa barque et fila avec lui en direction de Raguse.

*

Le jour de sa grande réception, Pozza était nerveux. Avec l'âge, il était devenu encore plus tyrannique. Surtout avec ses domestiques. Les invités allaient arriver d'un moment à l'autre. Tout devait être parfait. Il inspecta son palais de fond en comble, prêt à jeter servante ou valet du haut de la falaise si l'un d'entre eux avait négligé un détail. Mais rien ne manquait. Les parquets avaient été cirés, les meubles dépoussiérés, les glaces étaient nettoyées, les fleurs, les bosquets, les arbres, parfaitement taillés et les parfums qui s'en dégageaient enchantaient déjà le maître de maison. Il ne manquait que son bassin, c'était le plus important. Il se dirigea vers le fond de son jardin, pencha la tête au-dessus des rochers : on l'avait bien rempli. Là non plus, il n'y avait rien à dire. Il rechigna quand même pour une ou deux petites choses, mais dans l'ensemble, il était satisfait. Ses invités seraient aux anges.

Il n'avait pas tort. À peine arrivés, sénateurs et notables s'extasièrent comme chaque année devant le palais des Pozza. Quelle demeure ! Quel jardin ! Quelle manière de recevoir ! Tous avaient conscience qu'ils se montraient aujourd'hui devant le futur recteur de la République. Alors, on redoubla les « Oh ! », les « Ah ! », on pressa le sénateur Pozza d'ouvrir les festivités avec le spectacle de son plongeon héroïque. Il ne se fit pas prier. Maria se tenait à l'écart, insensible à ces mondanités, mais Pozza exigea qu'elle l'accompagne jusqu'en haut des rochers. On applaudit le couple qui se donnait le bras et Maria laissa son époux enjamber le promontoire seul. La dernière marche était pour lui. On l'encourageait en scandant : « Pozza ! Pozza ! » et Pozza, poussé par l'euphorie des gardiens de Raguse, bomba le torse et regarda en contrebas. Jamais son bassin ne lui avait paru si beau, c'en était troublant. C'était une petite mer qui surplombait la grande. Un léger courant parcourait l'eau captive dans un mouvement tourbillonnant qui s'estompait de lui-même. L'écume débordait, ruisselait et s'évanouissait sur les parois sculptées. La lumière du soleil scintillait par endroits. Pozza plissait les yeux, ébloui, devant de ce qui résumait son triomphe : sa petite mer à lui, parfaitement identique à celle sur laquelle il faisait naviguer ses vaisseaux, prête à l'accueillir, une fois de plus, à la fin de son grand saut. Il déborda de fierté. Oui, il avait emprisonné l'Adriatique. Il en était le maître.

Un domestique amena une rose à Maria, une rose blanche qu'elle lancerait bientôt afin qu'elle accompagne son mari dans les airs et dans l'eau. Pozza la rattrapait toujours et la lui rapportait après avoir escaladé les rochers. C'était le moment que ses invités aimaient le plus, le moment où les applaudissements étaient les plus forts. Maria leva le bras, la rose à la main. Pozza fléchit les genoux. La fleur jaillit par-dessus la falaise, Pozza bondit, la saisit au vol et son corps se raidit pour mieux fendre les flots de sa petite mer.

Mais cette fois, elle refusa de l'accueillir.

Le sénateur ne plongea pas dans l'eau. À la fin de son saut, il déchira une toile et s'écrasa au centre de son bassin vide. Il n'y eut aucun applaudissement. Quatre mètres plus haut, le visage de Maria n'afficha pas la moindre expression. Elle savait pourtant que sur la toile qui cachait le corps disloqué de son mari, se cachait quelque part un petit G doré, en forme d'hameçon.

Dinko Gundulić avait remporté sa bataille.

L'Obstination de Makarios

> « Pour ma part, je suis convaincu que la terre est immense et nous qui l'habitons, du Phase jusqu'aux colonnes d'Héraclès, répandus autour de cette mer comme des grenouilles autour d'un marécage, nous n'en connaissons qu'une toute petite partie. »
> Platon, *Phédon*

Où suis-je ? Et depuis quand, par Zeus ! Ai-je cessé de vivre ? Est-ce que j'attends, figé, aux limbes de l'Hadès que mon âme soit livrée au jugement de Minos ? Pauvre de moi ! Voilà que je divague et m'en remets aux fables ! Allons, Makarios ! Tu as dû t'évanouir ! Bientôt, tu ouvriras les yeux ! Mais, je sens dans mon corps que le réveil sera pénible… La douleur sur mon crâne est si vive que je pourrais m'évanouir une deuxième fois ! Mais… quelles sont ces voix que j'entends ? On m'appelle ? Ohé ! Suis-je enfin de retour ? À moins que ces voix ne soient celles des créatures monstrueuses que mes marins voyaient, cachées sous chaque vague ? Je me souviens, ça y est. J'ai quitté ma cité. J'ai fait un long voyage. Chaque étape me revient. Chaque épreuve funeste. Mes souvenirs se recomposent avec la brutalité d'un rêve qui vous assaille juste avant le réveil. J'ai vu ! Moi, Makarios, l'astronome de Massalia, j'ai combattu l'ignorance, j'ai vogué jusqu'à la lisière du monde. Et je paye d'avoir été le premier Grec que cette mer ait connu à avoir navigué dans les eaux noires, par-delà les colonnes d'Héraclès, jusqu'à voir de ses yeux le soleil éternel qui jamais ne se couche.

*

Je ne peux les compter ceux qui, dans ma cité, me prenaient pour un de ces illuminés qui disent avoir croisé Aphrodite au fond d'une grotte ou Arès devant chez eux, l'épée à la main. Des dieux, je n'en ai jamais rencontrés, et si, sur l'agora, mes paroles faisaient rire, c'est justement parce que mes idées n'étaient pas celles des fables ni celles des légendes. Pour les citoyens de Massalia, je mesurais les jours, les nuits, la durée des saisons, la position des astres. Je donnais l'heure aussi et pour cela, on ne doutait jamais de moi. Mais quand j'osais parler du monde dans lequel nous vivons tous, les yeux s'écarquillaient.

« La terre tourne, leur disais-je. Il suffit d'attendre la nuit et de lever le nez en l'air pour s'en apercevoir !

– C'est ta tête qui tourne, Makarios ! Tu as bu trop de vin !

– Elle tourne, comme une boule, ignorants ! Et je vous dis, moi, que si l'un d'entre vous partait vers l'Asie jusqu'aux rives de l'Océan et que l'autre franchissait les colonnes d'Héraclès en allant droit vers l'ouest, vos deux têtes d'abrutis finiraient par se revoir !

– Ha, ha ! Vers l'ouest ? Vas-y donc le premier ! Et n'oublie pas de nous prévenir et du jour et de l'heure. On allumera ton bûcher à l'avance, pauvre fou ! Il n'y a rien que la mort au-delà de ces colonnes ! »

Avec de grosses billes d'argile, je leur faisais une démonstration du mouvement des astres, et ils riaient plus fort encore. Ils préféraient s'en remettre aux fables. Et les fables disent qu'il n'y a rien au-delà des colonnes d'Héraclès. Elles mentent. Elles disent aussi que la terre est fixe et plate comme une assiette. Elles mentent encore. La terre est ronde, et elle tourne sur elle-même d'une telle façon que les jours n'ont pas la même durée au nord. J'en étais convaincu, comme je savais qu'il y avait dans ces terres reculées, à l'endroit même où les légendes disent qu'Apollon aime à passer ses hivers, un pays qui ne connaissait pas la nuit.

Personne ne m'écoutait jamais, en dehors d'un jeune garçon qui me suivait partout, notait tous mes calculs et s'était pris de passion pour mes instruments de mesure. Peu avant mon départ, nous nous trouvions tous deux sur l'agora à côté de mon gnomon[1] pour en observer l'ombre.

« Regarde, Pythéas. Regarde bien l'ombre du bâton. Qu'est-ce que tu en dis ? lui demandai-je.

– Que le soleil est très haut! me répondit-il.

– Oui, mais quoi d'autre ? Regarde bien, l'ombre est minuscule !

– Qu'on approche du solstice d'été ?

– C'est très bien! Tu feras un grand astronome. Nous sommes à la moitié du jour, et si je ne me suis pas trompé, il nous reste moins d'heures avant la nuit ici, à Massalia, que plus au nord sur le globe.

– Comment en être sûr ? Comment être certain que la terre est un globe, et que le jour dure plus longtemps aux pôles ? me demanda-t-il timidement.

– Allons, tu ne me fais pas confiance, toi non plus ? »

Mon jeune ami, gêné, baissa la tête.

« Je plaisante, Pythéas ! Pour en être certain, il faudrait y aller. Il faudrait que quelqu'un nous offre un navire et des hommes pour le manœuvrer, et des vivres pour tenir en mer! Mon brave garçon, moi, je n'ai pas une drachme, et je ne connais personne qui serait prêt à risquer sa fortune et la vie de cinquante marins simplement pour prouver aux hommes qu'ils ont tort ! »

---

1. Instrument de mesure, déterminant la hauteur du soleil par la taille de l'ombre projetée.

Et pourtant, c'est arrivé, dans l'heure qui a suivi.

Nous n'avions pas fini de parler que quatre ou cinq brutes imbéciles s'approchèrent de nous en ricanant.

« Te voilà, Makarios ! Le vieux fou qui voudrait tous nous faire tourner sans arrêt ! Tu nous donnes le vertige avec tous tes mensonges !

– Et les dieux, qu'en fais-tu ? Tu voudrais les faire danser avec nous sur cette boule ? » s'écria un autre.

Ils riaient grassement, et me menaçaient en me repoussant du plat de leurs mains larges.

« Tu troubles l'esprit de cet enfant, l'avenir de ta cité ! Je vais te dire l'heure qu'il est, Makarios, et sans bâton ni instrument : il est l'heure de rendre justice ! »

Pythéas voulut intervenir, mais je le priai aussitôt de se tenir à l'écart de ces idiots.

« Je te connais, Astérios, répondis-je à celui qui venait de parler, et je connais ton père. Tu parades devant tes amis, car tu es riche et bien né. Mais malheureusement pour toi, tu réfléchis moins qu'une chèvre. Si tu étais un peu plus intelligent, tu saurais que je dis vrai et qu'il y a en ce monde des richesses bien plus grandes que ton trésor. Je vais te dire l'heure qu'il est, sans instrument : il est l'heure pour toi de me laisser en paix et de retourner à ta triste vie d'ignorant remplie d'or. »

Je me tournai vers mon jeune apprenti et vis briller dans ses yeux une vive admiration. Mais une admiration fugace. L'instant d'après, ces brutes arrachaient mon bâton du sol, me fendaient le crâne et me brisaient les dents de devant. Je mis un certain temps à reprendre mes esprits. Quand j'ouvris les yeux, Pythéas avait disparu. À sa place se trouvait un homme que je n'avais jamais vu à Massalia auparavant. Il me tendit la main et un peu d'eau pour que je lave ma bouche d'où ruisselait une écume rougeâtre.

« Est-ce vrai ce que tu as dit tout à l'heure, à propos de ces richesses immenses ? me demanda-t-il sans détours alors que je me tâtais le crâne.

– 'est 'rai, articulai-je aussi bien que je le pus.

– Et où sont-elles, ces richesses ? insista-t-il.

– 'oin, 'rès 'oin, au 'e'à 'es co'onnes d'Hérac'ès, 'à où aucun 'rec ne s'est en'ore a'en'uré.

– Pardon ?

– 'ans l'Océan ! hurlai-je.

– Bon, bon... Et saurais-tu t'y retrouver dans ces eaux inconnues ? »

Ah ! Si je saurais m'y retrouver ! C'est avec le ciel qu'on navigue. Si j'avais un bateau, je m'y serais déjà rendu sans même avoir à regarder la moindre vague ! J'entrepris de lui mimer ma façon de penser, il eut l'air de comprendre immédiatement cette fois.

« Très bien. Dans trois jours, tu auras ton navire. Mais je te préviens, Makarios, ne reviens à Massalia qu'avec la cale remplie d'or, ou ne reviens jamais. »

Et cet homme disparut si vite que je n'eus pas le temps de connaître son nom. Bien sûr, ce que j'appelais « richesses » ne correspondait pas exactement à ce qu'on pouvait entasser dans un coffre. Mais malgré ce petit malentendu, trois jours plus tard, je reçus de la part de ce généreux inconnu un sublime pentécontore gavé de vivres, d'amphores pleines de vin, d'olives, et cinquante marins pour ramer sous mes ordres.

C'est ainsi que par une belle matinée d'un été naissant, je me retrouvai sur mon propre navire dans la baie du Lacydon. Je m'appliquai à charger moi-même mes instruments de mesure à bord, sans un regard de la part de mes marins, encore timides. Très vite, la voile fut hissée et pour la première fois, je contemplai Massalia depuis la mer. Mon cœur se serra. Avec ma bouche amochée, je n'osai lui sourire, mais je lui offris tout de même un bel adieu. Je déployai le large bandage qui me pansait le crâne et l'abandonnai aux flots comme une prêtresse offre son voile au vent, certain que cette offrande trouverait la main à laquelle elle était destinée.

Sous la conduite d'Antiloque, mon second, mes courageux marins faisaient déjà blanchir la surface de l'eau d'une écume épaisse. Chacun savait parfaitement ce qu'il avait à faire. Alors, en bon capitaine, je pris la peine d'aller m'asseoir un peu, car cette houle me provoquait quelques douleurs au ventre.

*

Avant de prendre la direction des terres froides du nord, c'est vers le sud que nous devions mettre le cap, en longeant les côtes ibères. Tant que nous voguerions dans cette direction, mes recherches n'avanceraient pas. C'était là les contraintes de la géographie ! Je m'estimais déjà très heureux d'être en si bon chemin. Le vent était favorable, la mer très calme ; j'avais confiance. Cependant, j'encourageais tout de même mon second à motiver nos hommes. Antiloque était un homme de mer respecté, d'apparence un peu rude. Peu bavard, son regard perçant était toujours tourné vers le large. S'il me semblait peu décidé à converser avec moi des astres et des heures, je devinais malgré tout qu'il cachait un grand cœur. Aussitôt qu'il en donna l'ordre, nos marins se mirent à ramer avec une telle fougue que notre pentécontore dévora les flots sans s'essouffler.

« C'est merveilleux, Antiloque ! À ce compte-là, nous serons déjà loin avant la fin du jour !

– Je n'en suis pas si sûr, Makarios... Je leur ai demandé d'avancer vite, pas d'avancer loin. »

Sa réponse me surprit. Quelques heures plus tard, je compris ce que ce brave homme avait insinué. Nous cabotions à vive allure le long des côtes quand sous nos yeux se dessinèrent les contours d'Emporion, l'un des comptoirs massaliotes. L'équipage exulta sitôt le port en vue. J'étais heureux, moi aussi ; il est bon de constater l'avancée, de visualiser les étapes d'un si long et si dangereux parcours, surtout au début. Emporion, c'était déjà fait. Bientôt, la grande Grèce serait derrière nous !

« Votre endurance dépasse mes espérances, compagnons ! m'écriai-je. Notre armateur ne m'avait pas trompé, jamais je n'ai vu tant de héros réunis ! Vous êtes des Argonautes ! »

Je les entendis rire et, pensant qu'il avait le triomphe modeste, je me tournai vers Antiloque qui avait posé sa main sur mon épaule.

« Là où tu vois des Argonautes, moi, c'est de sombres Silènes que je reconnais, Makarios. Nous ne laisserons pas Emporion derrière nous. Nous allons nous y arrêter, les marins ont soif et les tavernes sont nombreuses dans ce port !

– Mais enfin, Antiloque...

– Nous n'avons pas le choix ! Tu voudrais qu'ils s'attaquent aux amphores que tu réserves aux peuples du Nord ? »

Combien j'étais déçu par ce que je venais d'entendre... Antiloque m'expliqua qu'il valait mieux ménager les hommes, mais je restai très contrarié par le retard que nous allions prendre. J'en vins à me demander si mes marins ne prenaient pas notre expédition à la légère. Puis je me rappelai soudain que si tous s'étaient engagés sur ce navire, c'était dans l'espoir de rentrer chez eux couverts d'or, Antiloque le premier. Et je me dis alors que ce serait moi qui rirais le dernier. Nous accostâmes donc et je posai le pied à Emporion habité par une étrange sensation de faux départ.

« Qui va garder le navire ? demandai-je à Antiloque qui rassemblait déjà les marins.

– Le mieux, c'est que tu restes à bord pour veiller sur tes instruments. Moi, je surveillerai les hommes et si les choses tournent mal, je les punirai de ta part, tu peux me faire confiance. Nous serons de retour avant la nuit. »

Sa présence d'esprit me réconforta. Je m'installai sur le pont jusqu'à ce que ces gens de mer aient étanché leur soif. Le soir tomba, la nuit vint, et après elle, l'aurore réchauffa la coque de mon pentécontore. Je venais à peine de réussir à m'endormir quand on me secoua si fort que ma tête heurta la vergue et réveilla la blessure qui me brûlait le crâne. Mes marins étaient de retour, encore ivres au petit matin, et Antiloque n'avait aucune explication valable à me fournir. En vérité, c'était le seul encore endormi, et ses hommes le traînaient par les bras. Ils le hissèrent à bord et l'allongèrent à mes côtés sur le pont. L'un d'eux prit la peine de s'adresser à moi :

« Il a perdu aux dés », me dit-il.

Je ne compris pas ce que cela signifiait, et ça m'était bien égal. Tout ce que je voulais, c'était repartir au plus vite pour enfin quitter les eaux grecques. Les hommes se traînaient, Antiloque ronflait comme un ours, je m'impatientais et tout mon équipage semblait totalement indifférent. Brusquement, ma colère éclata et je me mis à hurler. Aussitôt, mes hommes me supplièrent de me taire tant le vin tambourinait encore dans leurs cervelles flasques, et ils empoignèrent leurs rames. Nous quittâmes donc rapidement la rade et quand notre vaisseau fut prêt à se laisser porter par une brise favorable, on abandonna les rames et déplia la voile. C'est à ce moment qu'Antiloque émergea.

Mon second se releva péniblement, vexé de constater qu'il avait vraisemblablement perdu sa place sur ce navire. Car l'homme autoritaire qui guidait les marins, c'était moi. La main fièrement agrippée au mât de mon pentécontore, je surveillais le cap en sentant grandir la joie dans mon cœur. Mais cet heureux sentiment fut de courte durée.

« Regardez ! hurla l'un des hommes en pointant du doigt la proue de notre navire. Un messager du dieu des mers ! »

À moins de dix coudées de nous, le rostre d'un immense espadon transperça l'eau et l'animal s'éleva dans les airs avec une telle grâce qu'elle nous sidéra tous. Au sommet de cet envol, l'espadon magnifique fit claquer sa nageoire caudale dans les airs, et l'instant d'après, il retrouva les profondeurs de la mer. Il fit bouger si fort la coque du pentécontore que je dus m'accrocher au mât comme un soldat au pommeau de son glaive.

Le visage stupéfait des marins fut la dernière chose que je vis avant de tomber à l'eau. Car l'espadon réapparut! Et cette fois, quand il fit claquer sa nageoire, ce fut contre mes côtes – il m'en brisa bien trois – et lorsqu'il replongea, son rostre embrocha deux de mes compagnons. Eux ne revirent jamais la surface, mais pour moi, la suite fut terrible. J'avais à peine coulé que le poisson m'entraîna dans une danse forcée où vingt ou trente fois, je crus me noyer pour de bon! Sous l'eau, son rostre se coinça dans ma ceinture. Le poisson paniqua et s'épuisa à me faire sauter en l'air pour me décrocher. Au bout de longues minutes à danser avec la mort, la chance me sourit. Je me détachai enfin, et après une interminable culbute, je terminai ma course dans un grand fracas, assis sur le dos de l'espadon, comme un cavalier sur son cheval. Le pauvre animal était si éreinté qu'il s'immobilisa et se laissa lentement dériver jusqu'au navire. Contre la coque, je tendis la main et Antiloque, plus blanc que le marbre, me hissa à bord. Je me tournai alors vers l'animal dont je venais de triompher, nos regards se croisèrent et je jure qu'il me sembla voir dans son œil énorme une expression humaine. La tête en sang, le corps meurtri, je repris mes esprits sur le pont, et lançai à mon équipage :

« Voyez ce que je fais des monstres de Poséidon ! Craignez-moi, lâches ! Au lieu de redouter je ne sais quelle déesse ou quel dieu ! »

On aurait dit que ces imbéciles venaient d'entendre gronder Hadès lui-même. Sous la conduite d'Antiloque, ils se hâtèrent de guider le pentécontore selon ma volonté sans exprimer la moindre peine pour les deux disparus. Eux qui me méprisaient se seraient jetés par-dessus bord si je l'avais demandé. Comme je riais intérieurement de leur crédulité ! Intérieurement seulement, car mes côtes en morceaux n'auraient pas supporté le moindre gloussement.

*

Nous naviguâmes donc six jours à bonne distance des côtes ibères. Nous ne devions pas éveiller les soupçons, car dans ces eaux, il y avait pire que les monstres marins : les Carthaginois. Ces redoutables navigateurs contrôlaient le secteur jusqu'aux portes de l'Océan, barrant le passage à tout vaisseau grec soupçonné de commerce. Avec mon pentécontore rempli d'olives et de vin, j'aurais eu bien du mal à les convaincre que nous voguions pour que les connaissances des hommes progressent. Nous faisions route de nuit essentiellement, passant nos journées cachés au fond des anses sûres qu'Antiloque connaissait. Durant tout ce temps, la mer fut clémente, parfois agitée, mais jamais dangereuse. Nous avancions toujours plus loin, le cœur gonflé par l'aventure et notre pentécontore galopait fièrement sur le champ amer de cette eau noire comme un étalon sur les plaines de Thrace.

Les choses se gâtèrent lorsque nous doublâmes la cité de Malaca, à quelques milles à peine des colonnes d'Héraclès. Une violente querelle éclata parmi mes marins. La moitié d'entre eux refusait de traverser le détroit en cabotant près de la côte que nous longions déjà. Ils tenaient, quitte à nous allonger la route, à ce que nous descendions d'abord vers la Libye avant de traverser les colonnes. À cause, disaient-ils, des hommes-fauves qui hantaient les lieux. Ces monstres vivaient nus, dormaient sur la plage ou à l'abri dans l'une des nombreuses cavernes dont ils avaient chassé les ours. Le dos velu comme celui des loups, les dents aussi longues que celles des lions, ils se ruaient sur les marins en attaquant leur bateau, avant même que ceux-ci n'aient pu accoster.

L'autre moitié de l'équipage n'était pas de cet avis.

« Il est hors de question de longer la Libye ! braillaient-ils. Personne n'a oublié ce que les yeux de Méduse ont fait à ce pauvre Atlas ! Même décapitée, elle l'a changé en montagne !

– Ça vaut mieux que se faire dévorer vivants ! disaient les autres.

– Vous voulez donc tous finir pétrifiés, plus froids que le marbre des temples ? »

Les marins commençaient à en venir aux mains, à saisir leurs lourdes rames pour s'en faire des massues, il s'en fallut de peu que le bateau chavire. Je fus contraint de hausser le ton :

« Remboîtez-moi ces rames et le premier que j'entends vociférer ces fables, je le jette à l'eau et l'abandonne aux chiens de mer et aux cachalots ! Poussez jusqu'à la rive, nous débarquerons là et attendrons que la brume se lève pour franchir le détroit. »

Je misais sur le fait qu'ils avaient reconnu en moi, six jours auparavant, le protégé de Poséidon en me voyant dompter son émissaire. Mais ces ingrats avaient la mémoire courte. Au lieu de m'obéir, ils se mirent à rire si fort qu'ils en oublièrent leurs monstres ridicules. À ma grande surprise, Antiloque intervint :

« Taisez-vous, hurla-t-il. Il y a pire que le regard de la gorgone ou que les crocs des fauves ! Il y a moi, Antiloque ! Et le premier qui m'empêchera de mettre la main sur le trésor qu'on m'a promis, je le coupe en morceaux et le dévore ! Faites ce qu'il vous dit. »

Le silence régna jusqu'à ce que nous posions le pied sur la grève. Seul le clapotis d'une faible houle contre la coque venait par instants couvrir le bruit que faisaient les rames à l'unisson. Mais une fois à terre, on entendit claquer les dents de ceux qui auraient préféré longer la Libye. Encouragé par Antiloque, je sacrifiai une amphore en inondant de vin la gorge de ces couards. Le nectar fit rapidement son effet. Les chants des marins ne tardèrent pas à s'élever dans le ciel éclairci par la lune, puis ce fut leurs ronflements qu'on entendit. En moins d'une heure, je restai le seul homme encore éveillé à guetter l'apparition de la brume au-dessus des eaux.

Le temps me manquait pour déployer mon gnomon, mais je profitais tout de même du calme qui régnait pour me livrer à quelques observations du ciel. Même à l'œil nu, le ciel délivre certains secrets. La nuit était douce, le roulis de la mer berçait mes compagnons. Un puissant parfum de myrte s'élevait des buissons. Mon regard se perdait sur la position des étoiles et du disque lunaire. Tout ce que me confia le ciel, c'est que depuis que nous étions partis, mes recherches n'avaient pas avancé d'une coudée. Il était grand temps de rejoindre l'Océan et de filer au nord!

La brume se leva enfin. Je me décidai à rejoindre mes hommes et c'est alors que je surpris l'un d'eux en train de fouiller ses compagnons endormis. Un voleur se trouvait parmi nous! Je m'approchai de lui sans bruit et lui saisis le bras.

« Traître! Tu vas regretter d'avoir volé tes frères! »

À peine l'avais-je menacé qu'un long frisson me parcourut le corps. Ce bras que je serrais si fort n'appartenait à aucun de mes marins. Ce n'était pas un bras, mais une patte. Une patte velue, avec de longues griffes. Le voleur se retourna et je vis ses yeux briller dans la nuit. Deux petits yeux féroces surmontant une gueule d'où sortaient quatre crocs. Je poussai un cri d'horreur qui réveilla mes compagnons. La bête me mordit jusqu'au sang et s'enfuit en quelques bonds derrière les buissons de myrte.

« Un homme-fauve! s'écria Antiloque. On t'avait prévenu, vieux bouc! Vite, tous au navire, ou cette nuit sera la dernière pour nous sur cette terre! »

Mais avant que le premier marin n'ait rejoint notre pentécontore, des dizaines d'yeux luisants éclairèrent soudain la nuit tout autour de notre campement. Nous étions encerclés. Et ces monstres terrifiants se rapprochaient comme une meute prête à fondre sur nous.

« Allons, Massaliotes, courage ! leur dis-je en me cachant derrière l'épaisse silhouette de mon second. Ce ne sont que des singes, j'en ai vu un de près. Ramassez une pierre et jetez-la sur eux ! »

Mais à peine avais-je dit cela que ces bêtes bondirent toutes griffes dehors et saisirent cinq ou six de mes compagnons. Les pauvres captifs hurlèrent jusqu'à ce qu'ils se fassent assommer et que leurs corps soient traînés derrière les buissons. Tout à coup, j'aperçus l'un des singes courir sur la plage, grimper sur le navire et emporter mon gnomon avec lui. Je m'élançai à sa poursuite, oubliant les crocs et les griffes de sa meute. Jamais aucun homme, aucune bête, aucun monstre s'il en existe ne me dépossédera de mes instruments de mesure ! Antiloque tenta de me retenir, mais n'y parvenant pas, il fut contraint de me suivre. Lui n'imaginait pas perdre le seul homme qui pouvait le conduire à son trésor. Nous nous précipitâmes tous deux à travers les buissons de myrte quand soudain je trébuchai et m'étalai de tout mon long. Je me relevai et vis les corps inertes de mes marins entassés. Quel sinistre spectacle ! Mais jeté sur le dos de l'un d'entre eux, j'aperçus soudain mon gnomon ! Quelle chance ! Je m'en emparai vite et l'inspectai : il était intact.

« Au navire, Antiloque, avant que ces bêtes ne reviennent ! » m'écriai-je.

Mon second me dévisagea avec mépris. Il se baissa, saisit l'un des malheureux par la jambe et entreprit de le ramener jusqu'au pentécontore.

« Celui-là, au moins, aura des funérailles », marmonna-t-il.

Ce qui se passa ensuite reste pour moi et mon esprit pratique un vrai mystère. Cette jambe que tenait mon second s'amincit brusquement et se couvrit de poils. À l'autre extrémité de cet horrible corps, on découvrit bien vite une gueule tapissée de crocs prête à nous dévorer. Des cris sauvages jaillirent à côté de nous. Cinq autres monstres comme celui-ci avaient pris la place de nos défunts marins. Ils en portaient encore, grossièrement, les habits en lambeaux. Mon second lâcha sa prise et nous nous ruâmes vers la rive sans nous retourner.

On grimpa à la hâte sur le navire où le reste des marins nous avait attendus. Depuis le pont, nos compagnons repoussaient les bêtes qui nous avaient coursés en leur lançant des pierres et des branches. Antiloque donna ses ordres, et la manœuvre s'engagea. Les hommes, sous le choc, s'épuisaient à ramer pour ne pas avoir à repenser à ce qu'ils avaient vu. En un rien de temps, nous fûmes assez loin de cette terre maudite pour ne plus craindre aucun danger. Par chance, la brume était encore là pour nous cacher aux yeux des vaisseaux ennemis. On déroula la voile dès qu'on le put et le pentécontore se fixa sur un courant qui nous porta vers le couchant sans plus d'efforts de notre part. Bientôt, nous n'eûmes plus qu'à nous plonger dans la contemplation de l'endroit précis où les eaux de notre mer se mêlaient à celles de l'Océan.

Impossible de décrire le sentiment qui s'empara alors de moi.

Enfin, nous traversions les colonnes d'Héraclès ! Mes yeux, rivés sur l'immensité noire et inconnue qui s'offrait à nous se remplissaient de larmes.

« Ah ! mes amis, dis-je sans même me retourner, nous n'avons plus à redouter ni les singes, ni les gorgones, ni aucun autre monstre. Tout ça est derrière nous ! Partageons simplement le vertige heureux des premières découvertes ! C'est ce vertige qui s'empara des hommes qui, les premiers, ont vu le soleil revenir chauffer la terre lors du premier matin du monde ! Le vertige dans lequel l'homme et l'univers ne font qu'un, ce moment si rare où les dieux naissent dans son cœur. C'est maintenant, mes amis ! Et c'est pour nous seulement ! »

En face de moi, aucune réaction. Les marins avaient l'air plus dépités encore que la veille.

« Mais qu'est-ce qu'ils ont ? demandai-je à mon second.

– Près de dix d'entre nous sont morts, vieux bouc ! Et tu voudrais qu'on danse ?

– Tu exagères, Antiloque ! La moitié d'entre eux batifole dans les buissons avec de nouveaux amis. Ils n'auront pas à regretter d'avoir été des hommes un jour ! Tu ne sais pas voir le bon côté des choses. »

L'Océan se teintait d'or avec le jour naissant. Antiloque s'avança près de moi et regarda le large. Son visage déjà fermé s'assombrit.

« Et que vas-tu trouver de bon à ça ? » me lança-t-il en pointant du doigt l'horizon.

Nous n'avions pas fait plus d'un demi-mille dans l'Océan que déjà, trois navires carthaginois vinrent nous gâcher la fête.

*

Impossible d'échapper aux vaisseaux ennemis. Ils étaient plus petits, plus rapides, et sur le visage des hommes qui les commandaient s'affichait la colère féroce de s'être fait tromper par un navire grec. On nous força à accoster dans le port, sous les remparts de Gadès. On mit mon équipage au fer, puis on m'escorta jusqu'au palais de l'archonte qui désirait voir en personne le capitaine qui s'était moqué de lui à travers la brume.

On me fit passer par de magnifiques jardins et pénétrer dans un palais qui n'avait rien à envier à ceux de ma cité. La tête basse, je traversai sous bonne garde une salle immense. Rien qu'à voir le sol dont elle était recouverte, j'en devinai la richesse des décors. On me jeta ensuite aux pieds de l'archonte qui ne prit pas la peine de se lever de son trône doré.

« Quelle sorte de Grec es-tu, toi, qui ne respectes pas les lois des cités ? me lança-t-il.

– Je suis Makarios de Massalia. »

Malgré mes douleurs aux articulations, je n'osais me redresser.

« Aucun navire n'a le droit de passer sans s'annoncer au comptoir de Carthage, poursuivit l'archonte, et personne ne peut commercer par ici sans autorisation. Tu vas payer de ta vie pour cette cargaison que tu transportes je ne sais où.

– Ma cargaison ? Ces trois amphores remplies d'olives ?

– C'est la loi, Makarios ! Tu vas mourir, et sur-le-champ ! » répondit-il avant de donner l'ordre à son garde de s'avancer.

Je me levai d'un bond. À quoi bon rester aplati comme un chien devant son maître ? Si l'archonte avait décidé de me couper la tête, je préférais encore mourir debout en rétablissant la vérité sur mes intentions.

« Excuse-moi, mais tu te trompes ! m'écriai-je. Sans manquer de respect à ta corporation, le commerce, je m'en moque ! »

Pour la première fois, nous nous trouvions face à face. Et lorsque je le vis, je fus troublé par son allure. Son visage encadré par une barbe fine rayonnait de toute la noblesse des anciens rois de Phénicie. Il se tenait très droit, enveloppé dans de riches tissus d'une splendeur inouïe. L'intelligence de son regard ne pouvait qu'inspirer l'admiration alors que de toute sa personne se dégageait une redoutable autorité.

On ne peut pas en dire autant de l'impression que je lui fis. Pour tout dire, je le vis grimacer lorsqu'il posa ses yeux sur moi. Je décidai d'en profiter.

« Regarde-moi bien, crois-tu vraiment que je sois un homme intéressé par le profit ? C'est tout juste si j'ai une tunique pour me couvrir et je m'en porte très bien ! Ma cargaison n'est bonne qu'à servir de monnaie d'échange contre de la nourriture ou contre un toit pour nous dans les ports. Je n'ai que faire de l'or que rapportent ces amphores de vin. Je veux avancer tout droit vers le nord, jusqu'au pays où le soleil ne se couche jamais. C'est la seule raison qui m'a poussé à naviguer à travers le détroit. »

L'archonte me dévisagea.

« De quel pays tu parles ? Je ne crois pas un mot de ce que tu me dis, Massaliote ! » lâcha-t-il.

Et il fit signe à ses gardes d'accomplir leur besogne.

« Attends, le suppliai-je. Il ne faut pas que je meure, pas encore ! Pardonne-moi d'avoir ainsi navigué dans tes eaux...

– L'Océan n'est pas à moi, imbécile ! Il appartient à Melqart, le dieu des flots !

– Alors, laisse le soin à Melqart de nous punir en nous renvoyant sur son Océan », lui suggérai-je.

Un épais silence s'installa. Soudain, l'archonte éclata d'un rire terrible qui me fit sursauter.

« Makarios de Massalia, tu es rusé ! Mais tu es bien arrogant ! Tu préfères te retrouver entre les mains de Melqart qu'entre les miennes ? Tu ne crains pas les dieux ?

– Je me méfie plus des hommes, pour être honnête.

– Vraiment ? Viens avec moi, vieillard. J'ai quelque chose à te montrer. »

Il m'entraîna près d'une immense fenêtre qui donnait sur la mer. Ses gardes nous emboîtèrent le pas et l'un d'eux me mit son épée sur le cou.

« Observe, vieux fou, la puissance de Melqart ! »

Ce que cet ignoble individu me força à regarder, c'était méprisable. Mais ça n'avait rien d'extraordinaire. L'archonte de Gadès avait fait ligoter tous mes hommes sur la plage d'une telle façon qu'aucun d'eux ne pouvait bouger le moindre membre ni même se relever. Ils avaient les pieds dans l'eau et cuisaient au soleil.

« Ha, ha ! ricana-t-il. Alors ?

– Pour être franc, chez moi, ce qu'on veut faire passer pour une intervention divine est un peu plus spectaculaire. Je crois même qu'avec un peu de temps et suffisamment de corde, j'en aurais fait autant.

– Observe mieux, idiot.

– Je ne vois rien de plus, lui dis-je, après un court instant.

– Tais-toi donc et patiente. »

J'ai patienté, longtemps. Que pouvais-je faire d'autre avec une épée sous la glotte ? L'ennui me gagna et je finis par m'assoupir en prenant soin de ne pas basculer contre la lame affûtée de mon bourreau. C'est un cri de l'archonte qui me fit reprendre mes esprits et quand j'ouvris les yeux, je vis enfin quelque chose de fabuleux. Je ne saurais dire exactement combien de temps s'était écoulé, mais cela avait suffi pour que le décor change. Mes hommes à présent n'avaient plus seulement les pieds dans l'eau, ils étaient immergés jusqu'au torse ! La mer avait monté, et il me semblait bien que de là où j'étais, je la voyais monter encore.

« Mais... Mais... bafouillai-je. C'est...

– Voilà le sort que méritent les bandits à Gadès ! Tes marins vont mourir noyés dans le souffle de Melqart !

– C'est formidable ! m'écriai-je.

– Comment ça ? Je te dis que tes hommes seront tous morts dans moins d'une heure.

– Formidable ! Je n'ai jamais rien vu de pareil ! La mer monte et se retire ? Combien de fois par jour ? Elle doit certainement subir une attraction monumentale. Quelque chose doit l'attirer, mais quoi ? C'est fascinant ! Fascinant ! Et que font les poissons ? »

Quelle surprise ! J'avais là un sujet d'étude imprévu.

« Que font les poissons ? répéta l'archonte dépité. Mais de quoi parles-tu ?

– Est-ce que les poissons suivent aussi le mouvement de l'eau quand elle monte ? Laisse-moi regarder de plus près, s'il te plaît ! Il faut que j'aille voir ! »

Étrangement, mon hôte ne semblait pas partager mon enthousiasme. Il eut un ricanement nerveux très inquiétant et se mit à trembler. Je crus qu'il avait perdu la tête. L'instant d'après, il hurla et son garde en lâcha son épée :

« Tu es l'homme le plus fou en vie sur cette terre, Makarios de Massalia ! Sors de chez moi ! Quitte ma cité tout de suite et emmène tes hommes s'il y a des rescapés ! Melqart reprendra son dû lui-même. Je veux oublier ce jour où tu as accosté à Gadès ! »

L'archonte entra dans une fureur telle qu'il démolit la moitié de son mobilier. Je m'empressai d'exécuter ses ordres avant qu'il ne change d'avis. Je filai vers la mer et vers les survivants. Par bonheur, Antiloque comptait parmi eux.

« Vite, Makarios, coupe mes liens ! » implora-t-il dès qu'il me vit.

Le pauvre avait de l'eau jusque dans les narines. Son instinct de survie le poussa à bondir sitôt son corps délié et à se précipiter pour détacher tous ceux qui pouvaient encore être sauvés. Le mien me poussa jusqu'au bateau. Sitôt à bord, le reste de l'équipage s'empressa de manœuvrer pour fuir cette terre hostile. La tâche était pénible, nous avions à Gadès perdu plus de la moitié de nos rameurs. Il nous restait vingt hommes tout au plus pour déplacer notre lourd vaisseau. Et ils étaient anéantis. Tant d'épreuves, tant de monstres, tant de frères errants dans l'autre monde sans sépulture digne de la vie qu'ils avaient menée. Je ne savais quoi leur dire. En vérité, je me demandais si nous aurions le temps de gagner le large avant que l'Océan ne se retire... Heureusement, mon second, bien que sonné par sa mésaventure, sut trouver les bons mots après ce grand péril.

« Relevez la tête, Massaliotes ! Arrêtez donc de geindre et mesurez votre chance ! Plus cet équipage diminue, plus la part du trésor de chacun augmente. Alors, ramez ! Ou j'en jette un de plus par-dessus bord et distribue sa part aux autres ! »

Enfin Antiloque parvenait à voir le bon côté des choses ! Cette attitude me combla de joie, même si au fond de moi, je craignais que son discours n'aille donner des idées sombres à ces hommes meurtris.

*

Nous rejoignîmes sans difficultés l'extrême sud-ouest de la péninsule et, longeant ses immenses falaises battues par l'Océan, nous nous mîmes en route vers le nord. Nous cabotions dans l'Océan. Grâce au flair d'Antiloque, nous trouvâmes facilement les criques qu'il fallait à nos escales sans jamais craindre ni pour notre cargaison, ni pour nos vies.

Le jour, nous naviguions et la nuit nous dormions après avoir dévoré le poisson et le gibier chassé sur ces rivages fertiles. Les marins s'appliquaient à engloutir le nectar contenu dans les amphores et pendant qu'ils cuvaient, je peaufinais ma connaissance du ciel. Je sortais mes instruments de mesure et réfléchissais au chemin le plus court pour rejoindre le pays du soleil. En relevant les heures, je m'aperçus que nous en étions encore très loin. Je remarquai autre chose de plus intéressant. À chacune de nos escales, venait le moment où l'Océan se retirait. Mes compagnons n'en étaient plus effrayés, ils s'en amusaient presque et pariaient sur l'ivrogne qui s'endormirait trop loin et se réveillerait trempé de la tête aux pieds quand les flots ravaleraient la grève.

Ce qui me surprit beaucoup dans ce mouvement des eaux, c'est que l'heure à laquelle il se déclenchait semblait se décaler de jour en jour. C'était comme si l'Océan suivait la course de la lune. Plus elle perdait des heures sur le soleil, plus les flots se retiraient tard. Comme si, d'une manière ou d'une autre, elle aspirait cette masse liquide, s'amusait avec elle et la laissait filer. Je me gardai bien d'en parler aux marins qui se seraient déjà vus avalés par la lune sitôt la nuit tombée.

Mais arriva le funeste matin où nous prîmes une décision maladroite. Nous venions de doubler la pointe nord de la péninsule quand Antiloque m'interpella :

« Makarios, l'équipage s'impatiente. Quand allons-nous toucher au but ?

– Bientôt, bientôt, lui dis-je, convaincu du contraire.

– C'est trop long !

– Nous gagnerions du temps en naviguant en pleine mer », répondis-je de peur qu'il ne m'assomme tant il me paraissait crispé.

Qu'avais-je dit, par Zeus ! Mon second, poussé par la soif de l'or et par le vin sûrement, convainquit l'équipage de lancer le navire dans les flots loin des terres. Je me liquéfiai. Car s'aventurer au cœur d'une mer démontée avec pour seuls repères les rares étoiles fixes, ce n'était pas dans nos habitudes ! Cependant je repris courage, déterminé à ne pas quitter ce monde avant d'avoir vu de mes yeux mes hypothèses se confirmer. Je donnais donc le cap à l'estime, attendant le moment où l'Ourse serait visible dans le ciel pour que nous la suivions. Mais le ciel se couvrit bien avant la nuit. De gros nuages noirs s'invitèrent au-dessus de nous, et une tempête se leva. Une tempête si forte qu'il nous sembla que les quatre vents lançaient leurs rafales en même temps. Une houle terrible se mit à rouler, pétrissant coup après coup la coque du vaisseau. L'Océan démonté ne nous laissait pas de répit. Aucun d'entre nous n'avait encore vu de ses yeux des vagues plus hautes. Nous plongions dans leurs creux au milieu des bourrasques comme un chariot poussé au bord d'une falaise. Chaque vague glacée qui nous entraînait vers les cieux nous jetait violemment à l'endroit précis où en naissait une autre. Et nous nous fracassions sur celle-ci avant qu'elle ne nous entraîne sur sa cime et nous jette dans le creux de la suivante. C'est à peine si nous arrivions à respirer tant nous avalions d'eau. Ce fut une hécatombe. La tempête mit trois jours à avaler mes marins et déchirer mon navire et quand elle se calma, nous n'étions plus que deux naufragés évanouis, à errer sur l'Océan sur un morceau de bois.

*

Lorsque nous eûmes repris connaissance, Antiloque et moi étions échoués sur une vaste crique ensablée, transis de froid.

« Où sommes-nous, Makarios ? me demanda-t-il sans trouver la force de tourner son visage vers moi.

– Je ne sais pas, mais nous sommes seuls. Il n'y a plus d'équipage. Il n'y a plus de navire. »

Pour la première fois, j'entendis mon second étouffer un sanglot. Je me relevai péniblement et m'éloignai pour lui laisser le temps de pleurer sans témoin. J'entrepris de nous trouver de quoi manger et de quoi boire. Par chance, je tombai sur un petit filet d'eau douce. Mais pour la nourriture en revanche, je ne parvins qu'à mettre la main sur quelques racines amères. Les rayons du soleil réchauffaient ma peau et séchaient mes habits. En levant la tête, je m'aperçus que le soleil était à son point culminant. Nous étions donc à la moitié du jour. Quelle aubaine ! Je fabriquai à la hâte un gnomon de fortune avec la branche la plus droite que je parvins à couper en versant de grosses larmes au souvenir de mes précieux instruments disparus. Puis je plantai rageusement la branche au sol et relevai la mesure. Je n'avais qu'à répéter l'opération jusqu'à la tombée de la nuit, et je saurais enfin si, malgré tous nos déboires, nous avions dérivé dans la bonne direction. Et ma surprise fut grande lorsque je pus enfin tirer une conclusion de mes mesures ! Les jours sur cette rive étaient bien plus longs qu'à Massalia et les rayons du soleil n'avaient pas la même inclinaison ! Il n'y avait plus aucun doute : nous nous trouvions dans la partie haute du globe terrestre. Cette tempête nous avait entraînés vers le nord. Il fallait aussitôt que j'en informe Antiloque ! Antiloque ? Par Zeus, je l'avais oublié ! J'avais passé toute l'après-midi à établir notre latitude sans penser un instant à la soif qui devait le ronger. Peut-être était-il déjà trop tard ?

Je me dépêchai de retourner à l'endroit où nous avions échoué et constatai que non seulement Antiloque était encore bien vivant, mais aussi que lui non plus n'avait pas perdu son temps ! Je le trouvai, assis sur le sable, à côté d'un abri fait de bois et de feuillages. Il mastiquait un gros morceau de viande crue provenant de l'une des deux énormes chèvres qu'il avait abattues et écorchées.

« Antiloque ! m'écriai-je. J'ai une grande nouvelle ! »

C'est à peine s'il se retourna. En m'approchant, je remarquai qu'il avait recouvert ses jambes avec la peau des bêtes mortes. « Voilà un homme fait pour vivre ici », pensai-je.

Sans dire un mot, il me tendit un quartier de viande crue, mais vu l'état de mes dents, je déclinai l'offre. Les racines m'avaient suffisamment nourri.

« Quelle chance nous avons eue dans ce malheur ! ajoutai-je. Nous sommes bien au nord. Pas assez haut encore, mais c'est la bonne route !

– De quelle route est-ce que tu parles ? Tu ne vois pas que nous sommes coincés ici ?

– Mais non, voyons ! Tu vas nous fabriquer un navire comme tu l'as fait pour cet abri et nous repartirons ! »

Il soupira. Puis, au bout d'un moment, il s'allongea dans le sable et regarda le ciel maculé par les astres.

« Il y a plus d'étoiles ici que je n'en ai jamais vues, dit-il avec une grande mélancolie dans la voix. C'est comme s'il en était apparu de nouvelles...

– C'est bien normal à cette latitude ! C'est parce...

– On dit que pour chaque homme qui a perdu la vie en mer, une étoile apparaît dans le ciel, me coupa-t-il. Salue ceux que l'Océan nous a pris, ils te regardent, vieux bouc. »

« Encore ces fables de marins », pensai-je. Et je me sentis triste de ne pas reconnaître cet homme si vigoureux qui m'avait tant de fois tenu tête.

« S'ils me regardent, Antiloque, ils te regardent aussi ! Et je les entends d'ici se moquer de toi. Tu le leur avais dit : chaque marin en moins, c'est une part en plus ! Tu es le dernier et maintenant que le trésor est à toi, tu pleurniches !

– Aucun trésor ne vaut les peines que nous avons subies, marmonna-t-il.

– Celui-là, si ! Écoute-moi, Antiloque. Nous sommes près du but. Nous avons voyagé là où aucun Grec ne s'était rendu avant nous. Le sol sur lequel tu t'allonges n'existe pas sur nos cartes et pourtant, il est là ! Le monde n'est pas ce disque ridicule dessiné par les géographes, creusé par une mer, orné de trois ou quatre fleuves, rehaussé de quelques montagnes ! Le monde est vaste. Mais il y a trop peu de voyageurs sur terre pour nous montrer à quel point il rétrécit quand on reste trop longtemps sans s'éloigner de chez soi. Le monde ne tourne pas autour de nous, mais il tourne quand même C'est un globe ! Et au nord, tout près d'ici, se trouve une terre inconnue des géographes où le soleil ne se couche jamais. Cette terre, c'est toi et moi qui y poserons le pied les premiers. Voilà le seul trésor ! Le reste ne compte pas ! »

Malgré mon envie de lui en dire davantage, je dus m'interrompre, car ses ronflements me firent comprendre qu'il ne m'écoutait pas. Je lui empruntai l'une de ses deux peaux de chèvre, m'allongeai à mon tour dans l'abri qu'il avait laissé vide et me laissai aller au sommeil.

*

Cette nuit-là fut la meilleure que j'avais passée depuis des semaines. Je dormis tant qu'à mon réveil, le soleil était déjà haut. Antiloque, lui, était réveillé depuis bien plus longtemps et je le trouvai dans de meilleures dispositions que la veille.

« Lève-toi et mange, me dit-il sèchement. Nous partons dans une heure.
– Vraiment ?
– Vraiment. Je préfère mourir en mer que de survivre ici, seul avec toi. »

Je me levai donc et découvris ce qu'avait accompli Antiloque. Non seulement il avait fabriqué un honnête radeau et deux rames avec les restes de notre pentécontore, mais il avait abattu quatre chèvres supplémentaires ! Avec un tronc, il avait monté un mât et avec les peaux de ces pauvres bêtes, il avait confectionné une voile admirable et deux outres. Comment les avait-il cousues l'une à l'autre ? Je ne pris même pas la peine de lui poser la question. Nous avions des jours de vivres devant nous et une embarcation pour naviguer ! Alors nous partîmes.

Bien vite, autour de nous, il n'y eut plus que des vagues. Nous avancions toujours plus loin dans l'inconnu vers ce que je pensais être le haut du globe. Sur notre radeau, nous étions ballottés, et nous luttions avec les moyens du bord pour garder un cap incertain. Les journées interminables nous cachaient trop longtemps les étoiles, si bien que la route que nous faisions le jour, nous la rectifiions la nuit. Peu importait ! Cela voulait dire que dans ce désert d'eau salée, nous allions dans le bon sens. À tour de rôle, nous veillions sur nos vivres de peur qu'un banc de poissons féroces ne soit tenté de nous les prendre. Durant tout ce temps, Antiloque ne m'adressa pas la parole, et quand je désirais lui faire part de mes prévisions, il faisait la sourde oreille et regardait ailleurs.

Un matin cependant, il changea d'attitude et j'entendis sa voix dont j'avais presque oublié le timbre. Notre radeau filait sur un courant stable, quand tout à coup, il se mit à tanguer d'une manière inhabituelle. Je regardai autour de moi et je vis dépasser de la surface la queue d'un monstre gris dont la taille devait dépasser celle du plus grand navire que la Grèce ait construit. À plus de cinquante coudées de sa queue, j'aperçus la tête de ce poisson géant, et de celle-ci jaillit un puissant jet d'écume. Pas besoin de voir l'intérieur de sa gueule pour comprendre que ce monstre n'aurait fait qu'une bouchée de nous sans même s'en rendre compte.

« Il en veut à nos chèvres ! » m'écriai-je.

Et rassemblant mes forces et le courage qu'il me restait, j'empoignai les carcasses et les jetai au monstre. Bouche bée, Antiloque regarda notre cargaison de viande dériver, puis couler lentement et disparaître au fond de ces mers froides. Le terrifiant poisson avait totalement ignoré nos chèvres mortes, et nous avec. Il poursuivit placidement sa route, agitant sa queue et lançant çà et là un nouveau jet d'écume.

« C'est incroyable, cette bête ne nous a même pas regardés ! Nous n'existons pas pour lui, tout simplement. Quelle belle leçon de la nature, à nous les hommes qui nous croyons indispensables en ce monde ! »

Mais Antiloque entra dans une colère telle qu'il manqua de nous faire chavirer.

« Mais tu es fou ! Tu es fou ! Nous n'avons plus rien à manger ! Je vais t'éviscérer, je vais te couper en morceaux et te jeter aux poissons !

– Allons, calme-toi, répondis-je. Tu délires. Nous n'avons pas de couteau et tu vois bien que la viande n'intéresse pas ces créatures. C'est une mauvaise idée. »

L'expression qui s'afficha sur son visage me glaça le sang. Antiloque perdait totalement ses moyens. « On peut être un fier meneur d'hommes sur un pentécontore et cacher une nature bien faible dès que l'aventure se durcit ! » me dis-je.

Il se jeta sur moi et me poursuivit tout autour du radeau jusqu'à ce que cette danse ridicule ne l'épuise complètement. Alors, il s'allongea, se couvrit de sa fourrure et je ne l'entendis plus que pour se plaindre.

« Qu'est-ce que c'est que cette mer où les jours sont si froids alors que le soleil n'en finit de plus de briller... » marmonna-t-il sans faire le moindre effort pour m'aider à diriger notre embarcation.

Il n'avait pas tort. Le vent qui gonflait notre voile était de plus en plus froid. Nous étions las, assoiffés, affamés, nos orteils étaient bleus, et nos barbes gelées. Les heures étaient si lentes... Les journées rallongeaient, mais le soleil finissait toujours par disparaître. Et je me mis à perdre espoir.

Brusquement, le vent tomba et l'horizon se couvrit d'un épais brouillard à travers lequel la lumière du soleil n'était plus qu'un rond pâle. Le radeau n'avançait plus. Je tentai d'utiliser les rames, mais à peine les avais-je mises à l'eau qu'elles heurtèrent quelque chose de solide.

« Qu'est-ce qu'il se passe ? s'écria Antiloque.
– L'Océan... L'Océan est gelé ! »

Je me penchai en avant et vis très distinctement de gros blocs de glace qui nous barraient la route. Nous étions pris au piège de cet endroit vide et immaculé. Tout semblait en suspension : la matière, le temps, et l'espace infini qui s'offrait à nos yeux quand le brouillard se dissipa de lui-même.

« C'est la fin », pensai-je.

Le jour déclinait. Je levai alors les yeux vers l'horizon dégagé, et regardai l'endroit précis où le soleil s'enfuyait derrière des terres immenses et entièrement blanches. J'allais perdre la course commencée contre lui dans la rade de Massalia. Il allait disparaître, une fois de plus. Antiloque se redressa. Il me mit la main sur l'épaule et me sourit, je ne saurais dire pourquoi. Ce n'était sûrement pas la fin que ce marin avait imaginée pour lui !

« Makarios… »

Je ne répondis pas.

J'attendais que le froid de la nuit me pétrifie comme les victimes de la gorgone que mes marins redoutaient tant. Peut-être qu'ils avaient raison, au fond. Mieux valait inventer des fables pour combler les vides que de s'acharner à prouver une vérité qu'on ne pouvait pas atteindre.

« Makarios !

– Quoi ?

– Le soleil, il remonte !

– Hein ?

– Regarde ! Il remonte au-dessus de l'horizon ! »

Par Zeus ! J'ai fondu en larmes. Je l'ai regardé se relever et se relever encore, toujours plus haut. Et j'ai senti sa lumière sur moi et la chaleur de ses rayons obliques me réchauffer la peau. De nouvelles couleurs habillaient le ciel et l'eau. Quelle fresque s'offrait à nous ! Jamais je n'avais rien vu d'aussi grandiose. Ah ! si mes marins n'avaient pas eu le mauvais goût de mourir, ils auraient vu aussi ! Et derrière cet assaut de beauté débordante, ils auraient certainement cherché quel était le peintre sur lequel la nature s'était appuyée, quel était l'artiste de génie ainsi capable de nous lancer à la figure tous les secrets de la mer et du monde !

« Nous y sommes ? demanda Antiloque.

– Bien sûr que nous y sommes ! Regarde, le soleil éternel ! J'avais raison, mon ami ! La terre est une boule. J'avais raison ! Ce trésor est à toi. Prends tout ce que tu veux avant qu'on le rapporte à tous les hommes de cette terre !

– Je ne vois rien... Makarios ! Où est le trésor ? »

Et, tendant les bras vers cette mer de glace que le soleil recouvrait d'or à n'en plus finir, je lui répondis :

« Mais, là, mon ami. Devant toi, tu n'as qu'à te servir. »

C'est à instant qu'Antiloque empoigna farouchement une rame et me fracassa le crâne avec.

*

Autour de moi, les voix se font de plus en plus fortes. Mes yeux se plissent et s'ouvrent. Qui est là ? J'ai si mal au crâne...

« Makarios ? »

Mais... Comment est-ce possible ? Je reconnais ce sol sur lequel je suis avachi. C'est le pavé de l'agora ! Il fait si chaud, je transpire, je brûle sous le ciel de Massalia. Depuis quand suis-je rentré ?

« Makarios ? Tout va bien ? »

Qui me parle ? Mais c'est toi, Pythéas ! Qui sont ces gens qui rient autour de nous, mon brave garçon ? Que tiens-tu dans ta main ? Qu'est-ce que tu me tends là ?

« Prends, Makarios, je les ai ramassées pour toi. »

Mes dents ! Les deux incisives que cette brute d'Astérios m'a brisées. C'est donc sans bouger d'ici que j'ai accompli mon voyage ? Et mon navire, mon second ? Et les singes, et Gadès, et l'Océan gelé ?

« Tu t'es évanoui, Makarios. Ça doit bien faire une heure que tu délires, ils ne t'ont pas raté...

– Pythéas ?

– Oui ?

– Ce n'était pas un délire, c'était une vision ! Et je vais tout t'expliquer dans les moindres détails.

– Quoi ?

– Oui, mon garçon, car peut-être qu'un jour c'est toi qui entreprendras ce voyage ! Et tu expliqueras aux hommes de cette terre que depuis le début, le vieux Makarios avait raison[1] ! »

---

1. Pythéas a quitté Massalia sur son navire à la fin du IIIe siècle av. J.-C. Il est le premier Grec à avoir su expliquer le phénomène des marées dans l'Atlantique, à faire une description de la Grande-Bretagne, à prouver que la terre est un globe et, bien sûr, à avoir vu de ses yeux le soleil de minuit dans l'Arctique. À son retour, personne ne le crut lui non plus.

Table des matières

Nec plus ultra 9

Mon papillon dans l'estomac 31

La Mise en plis 51

La Harga 79

Le Cadeau de Méduse 101

L'Homme qui voulut peindre la mer 121

L'Obstination de Makarios 149

Merci à toutes celles qui, chez Didier Jeunesse, seront intervenues sur ce projet ; en particulier Michèle Moreau, Mélanie Perry et Camille Cortellini qui n'ont jamais eu peur des vagues.

Merci aux amis qui ont pris le temps de répondre à des questions interminables : Emmanuel Garcia, Pascal Madar, Thomas Mestdag, Grégory Genre, Robert Benoit, Loïc Pastor...

Merci à Justin Bautista, cuisinier à Gibraltar.

Merci à Mireille Benoit pour ses relectures.

Merci à Emma, à Léna, à Mila.

Merci à Anne-Marie Koëgel et Marie-Antoinette Koëgel d'avoir eu le bon sens de ne jamais trop s'éloigner de la mer.

T. K.

Découvrez les autres romans de Tristan Koëgel

Bluebird
Tristan Koëgel

Le destin incroyable d'une jeune chanteuse de blues, la vie de toute une plantation de coton qui bascule, un souffle romanesque prodigieux.

Par la fenêtre s'étalait sous mon nez la vallée du Mississippi. Vaste. Verte. Elle n'était pas vilaine, cette vallée. Les hauts arbres de ses forêts où nichaient des milliers d'oiseaux la rendaient presque réconfortante quand on venait de la ville. Et ses champs, ses champs si grands, on s'y voyait courir, le parfum de leurs fleurs nous faisait déjà tourner la tête. Mais si on tendait l'oreille, au plus près de ces champs, on entendait monter une drôle de voix, par-dessus les forêts, plus haut que les nuages. La voix de ceux qui ont sculpté le Delta. La voix de ces hommes, et de ces femmes, qu'on disait libres et qui travaillaient pourtant comme des chiens, là où leurs ancêtres avaient déjà creusé leur tombe en raclant contre la terre les chaînes qui leur rongeaient les pieds. Ces voix ne gémissaient pas, ces voix chantaient. Des chansons où les chevaux s'évadent, où les lapins échappent aux renards, où les corbeaux sont plumés, et où les femmes finissent par s'en aller.
Voilà vers quoi je retournais, six ans plus tard, installée dans ce compartiment comme une princesse dans son carrosse.

Disponible au format poche

Les Sandales de Rama
Tristan Koëgel

Un magnifique roman initiatique, entre les ruelles foisonnantes de Katmandou et les montagnes enneigées de l'Himalaya.

« Qu'est-ce que tu feras après la mousson, Arjun ?
– Je ne sais pas trop. Livreur de thé, vendeur de flûtes... Et toi ?
– Guide. J'ai envie d'essayer. J'emmènerai les touristes partout dans la ville, et s'ils me paient bien, on viendra t'acheter des bonbons !
– Tu rigoles ! s'exclama Arjun. On fera ça ensemble ! Tu me laisseras les plus riches, tu me dois bien ça !
– Je te laisserai les singes si tu veux... »
Arjun ne releva pas cette plaisanterie. Il réfléchissait à l'idée d'Upendra. Guide, ça lui plaisait bien, c'était parfait même ! Il s'y voyait déjà : aucun compte à rendre, pas de marchandise à écouler ; il pourrait enfin quitter la place de Swayambhu.
Upendra n'avait pas dit ça par hasard. Devenir guide, il en rêvait depuis longtemps. Son père était sirdar, chef d'expédition en haute montagne, et il avait baladé les touristes en ville avant de les emmener sur les plus hauts sommets du monde. Mais depuis son accident, il restait enfermé à la maison, terrorisé. Upendra n'avait pas encore osé lui demander des conseils, il avait peur de sa réaction. Il le faudrait bien pourtant.

Le Grillon, Récit d'un enfant pirate
Tristan Koëgel

Une histoire poignante, de l'autre côté de la Terre...

Il faut que je m'explique. C'est ce qu'ils veulent, je crois. Il faut que je m'explique, que je raconte. Tout. Et j'ai pas tellement envie. Ils veulent que je leur dise pourquoi je lui ai cassé la gueule, à Abdel. Mais j'en sais rien. C'est mon ami, Abdel. Je sais pas quoi leur raconter. Je sais pas quoi dire, voilà, c'est tout. Mais je vais être obligé... Je me suis mis en colère ; c'est sûr que quand on me met en pétard... Il l'a fait exprès aussi, Abdel, exprès de me contrarier, exprès de m'énerver. Il le sait pas, peut-être, que j'aime pas les pirates ! Enfin, ses pirates à lui, avec des gros anneaux dans les oreilles et des têtes de mort sur leur chapeau...

Le Complot du trident
Tristan Koëgel

Une enquête menée tambour battant pour déjouer un complot qui met en péril tout l'empire romain. Un polar haletant au cœur de la Rome antique !

Publius se figea brusquement. Son regard s'était posé sur le corps d'un des marins. Il s'approcha de lui et se pencha tout près de son cou. Puis, il se dirigea hâtivement vers les autres cadavres et fit de même jusqu'à ce que, d'un geste vif, il arrache du dernier mort qu'il observait un petit pendentif.

« Regarde, Lucius ! s'exclama-t-il. Ça, c'est intéressant ! Tous nos pestiférés portent autour du cou le même pendentif !

– On dirait un petit trident...

– Exactement ! Un petit trident d'or. Plus petit que celui qui a transpercé la cuisse de ce pauvre capitaine, mais un trident quand même ! »

© Danica Bijeljac

Tristan Koëgel est né en 1980 et vit à Marseille. Après avoir été tour à tour distributeur de prospectus, garçon de café, pizzaïolo, animateur radio et écrivain public, il finit par obtenir la certification qu'on lui demande pour enseigner la littérature et la langue française. Il a la grande ambition de visiter tous les pays du monde en rapportant à chaque fois une histoire à raconter ; il aimerait bien partir du Vieux-Port, devant lequel il passe tous les matins, mais il n'a pas de bateau, la mer est grande, et il n'est pas très doué pour la pêche. Il réfléchit...

© Didier Jeunesse, Paris, 2018
60-62, rue Saint-André-des-Arts
75006 Paris
www.didier-jeunesse.com
Illustration de couverture : Giulia Vetri
Composition, mise en pages et photogravure : IGS-CP (16)
ISBN : 978-2-278-08562-0 • Dépôt légal : 8562/01
N° d'impression : 1801707
Loi n° 49-956 du 16 juillet 1949 sur les publications destinées à la jeunesse

Achevé d'imprimer en France, à Alençon, en mai 2018 chez Normandie Roto Impression s.a.s., imprimeur labellisé Imprim'Vert, sur papier composé de fibres naturelles renouvelables, recyclables, fabriquées à partir de bois issus de forêts gérées durablement.